生相談

人生の救い

車谷長吉

朝日文庫

本書は二〇〇九年四月～二〇一二年三月、朝日新聞土曜別刷beに掲載された「悩みのるつぼ（掲載時タイトル）」を再構成したものです。

車谷長吉の人生相談　人生の救い　●　目次

車谷長吉の人生相談　人生の救い

運、不運で人生が決まるの?

相談者　大学4年生　22歳

就職活動まっさかり、4年生になった大学生です。まだ内定をもらっていません。焦っていますが、それとは別に、最近どうしても納得できないことがあります。

それは運と不運です。就職活動を通じて、人の人生がなぜこれほどまでに運、不運に左右されなければいけないのだろう、と思っています。

同じテニス部の1、2年先輩たちは「シューカツなんて楽勝だよ」と言って、いい企業に就職して行きました。なんとなく世の中のムードも夏まではのんびりでしたが、金融危機で一瞬にして変わり、私の周りはみんな真っ青になりました。「厳しい時代だから、今年はなおさら興味のない会社でもたくさんエントリーしないとだめですよ」と大学で指導されています。

個人の運、不運ならまだ実力のうちかもしれないと納得できても、生まれた時代や環境によって、同じ能力の人間でも一流企業に入れたり、もっと下の企業にも入れなかったりする運、不運には涙が出るほどです。

父も1975年前後のオイルショックの採用手控えの影響をもろにうけ、結局東京では就職先が見つからず、故郷に戻って就職しました。ついていない世代だったのだと思います。

就職は人生の一大事です。

私たちは、「悪い時代に生まれた」と納得するしかないのでしょうか。

回答

幸運の上にふんぞりかえるより

私は遺伝性蓄膿症《ちくのうしょう》なので、物心ついた時から鼻で呼吸が出来ません。口で息をして生きてきました。苦しいことです。

田舎の高校二年生の夏、六十日余り、病院へ入院して二度、五時間余の大手術を受けました。けれども額《ひたい》の後ろの骨に溜《た》まっている膿《うみ》を取り除くには、三度目の手術が必要であり、その手術をするのには目の神経を切断する必要があると言われ、盲《めしい》になってもよい、という同意書に署名・捺印《なついん》を求められました。私は署名・捺印をすることが出来なかった男です。

私と同年配の女性で、署名・捺印をして手術を受け、遺伝性蓄膿症はからりと治ったものの、以後、盲人の按摩《あんま》さんとして生きてきた人を知っています。鼻で呼吸が出来るのは、目が見えないよりは楽だと私に言うています。

偉い人です。

私はこの病があるがゆえに、私の独《ひと》り考えで作家になりました。親の財産はすべて放棄して、弟に譲りました。

弟は百姓をしていますが、同じ遺伝性蓄膿症なので結婚はしていません。自分の死後は、田んぼはすべて世の恵まれない人の施設に寄付をすると言うています。

五反ほどの田ですが、高度経済成長によって、金額にすれば莫大な額になります。弟は小学校四年生の時から新聞配達をし、その得た給料はすべて、親に棄《す》てられた子の施設に寄付をしてきました。

いま五十九歳です。そのほかに、子に棄てられた老人の施設の世話もしています。

世には運・不運があります。それは人間世界が始まった時からのことです。不運な人は、不運なりに生きていけばよいのです。私はそう覚悟して、不運を生きてきました。

私も弟も、自分の不運を嘆いたことは一度もありません。嘆くというのは、虫のいい考えです。考えが甘いのです。覚悟がないのです。この世の苦しみを知ったところから真《まこと》の人生は始まるのです。

真の人生を知らずに生を終えてしまう人は、醜《みにく》い人です。己《おの》れの不運を知った人だけが、美しく生きています。

私は己れの幸運の上にふんぞり返って生きている人を、たくさん知っています。そういう人を羨《うらや》ましいと思ったことは一度もありません。己れの不運を知ることは、ありがたいことです。

車谷先生でも夫婦仲がいいのに

相談者　会社員男性　50代

定年目前の会社員です。つまらない相談ですみません。

若い頃から「会社ひと筋」で生きてきました。別に出世したかったわけではなく、男として仕事で後れはとれない、と思って働いてきたのです。「男はやっぱり（高倉）健さんのように」が理想で、「会社人間」といわれても、黙々と働いて頼りになる人間でいたい、それが男の生き方なんだ、と。

その結果、家事はもちろん、子育て、子供の教育や受験、親類や近所の付き合い……、家に収入を入れる以外のことはすべて、かみさんに任せてきました。

ただ最近、気が付けば定年も近く、「ぬれ落ち葉にならないために」という言葉がよく目に入るようになりました。「夫婦共通の趣味を」と誰もが同じことを言います。では、かみさんとどういう趣味をもてるのかと思うと、その第一歩から途方にくれます。そういう男性は多いはず、と思ってきました。

先日テレビを見ていたら、車谷先生が詩人の奥さまと仲良く四国のお遍路さんを歩いていました。私とほぼ同世代、「破滅型」の先生でさえ、奥さんと共通の趣味を持ち、仲良く暮らしているように見えて、軽いショックを受け、焦りました。

何か、老後の夫婦が円満に生きるために、一夜漬けでできる秘訣《ひけつ》がもしあったら、教えていただきたいのですが。

回答

円満の秘訣などひとかけらもなし

私は遺伝性の疾患があるので、青年時代から将来結婚はしないと決心していました。ところが四十八歳の秋、四十九歳の女と所帯を持ちました。女の係累《けいるい》にも結婚は不可能な子がいるので、結婚を決意した次第です。嫁はんは懇切丁寧な人なので、よかった、と感謝しております。子はありません。

私のことを「破滅型の作家」と思っていらっしゃるようですが、私は破滅を志したことは一度もありません。ただ貧乏が好きなので、三十八歳の夏までは、極端な貧乏生活をしていました。月収二万円。駅のベンチに寝たりしていました。でも、失意を感じたことは一度もありません。知人たちは不思議がっていました。

嫁はんを貰《もら》うと、東京・本郷地区に一戸建ての家を買うてくれとか、銀座で高級お洋服を買うてくれとか、船で世界一周旅行に連れて行ってくれとか、さまざまな要求をされるようになりました。

そうすると、貧乏が好き、とばかりは言うていられなくなり、五十三歳の秋、強迫神経症に罹《かか》って、十年近く精神科病院に通うようになりました。

去年、嫁はんの発案で四国お遍路に行ったのは、この病を癒《い》やしたいのと、長い間、小説を書いてきて、作品のモデルにした人に謝罪したかったからです。二月十五日から七十五日間、遍路道を歩いて、死後は地獄に落ちたほうがいい、という覚悟が出来ました。

作家になって心に残ったのは、罪悪感だけです。

「何か老後の夫婦が円満に生きるために、一夜漬けで出来る秘訣《ひけつ》がもしあったら、教えていただきたいのですが」とのご相談ですが、そんな秘訣は人生にはひとかけらもありません。

この世は苦の世界です。私は田舎の高等学校三年生の初夏、将来、夏目漱石のような作家になりたいと決心してから、五十三歳で強迫神経症になるまで、一日四時間以上眠ったことは一度もありません。ただひたすら勉強するだけの日夜でした。

私の知人は会社の停年（定年ではありません）退職が近づくと、定年という言い方は、ものの本質を隠し、曖昧にしています）退職が近づくと、嫁はんに毎日毎晩、がみがみと叱責《しっせき》され、退職後は台所の片付け、階段と便所の掃除も毎日しなさいと言われるんだと私の家へ訪ねて来て、涙を流していました。

いままでのところ、あなたはなまくらな人です。世の九割の人は、そういう人ですが。

教え子の女生徒が恋しいんです

相談者　男性高校教師　40代

40代の高校教諭。英語を教えて25年になります。自分で言うのも何ですが、学校内で評価され、それなりの管理的立場にもつき、生徒にも人気がありす。妻と子ども2人にも恵まれ、まずまずの人生だと思っています。

でも、5年に1度くらい、自分でもコントロールできなくなるほど没入してしまう女子生徒が出現するんです。

今がそうなんです。相手は17歳の高校2年生で、授業中に自然に振る舞おうとすればするほど、その子の顔をちらちら見てしまいます。

その子には下心を見透かされているようでもあり、私を見る表情が色っぽくてびっくりしたりもします。

自己嫌悪に陥っています。もちろん、自制心はあるし、家庭も大事なので、自分が何か具体的な行動に出ることはないという自信はありますが、自宅でもその子のことばかり考え、落ち着きません。

数年前には、当時好きだった生徒が、卒業後に他県で水商売をしているとのうわさを聞き、ネットで店を探しました。自分にあきれながら、実際にその街まで足を運びましたが、結局店は見つかりませんでした。見つけていたら、きっと会いに行っていたでしょう。

教育者としてダメだと思いますが、情動を抑えられません。どうしたらいいのでしょうか。

回答

恐れずに、仕事も家庭も失ってみたら

私は学校を出ると、東京日本橋の広告代理店に勤めました。が、この会社は安月給だったので、どんなに切り詰めても、一日二食しか飯が喰《く》えませんでした。

北海道・東北への出張を命じられると、旅費の半分は親から送ってもらえと言われました。仕方がないので、高利貸から金を借りて行っていました。生まれて初めて貧乏を経験しました。二年半で辞めました。

次に勤めたのは総会屋の会社でした。金を大企業から脅し取るのです。高給でしたが、二年半で辞めました。三十代の八年間は月給二万円で、料理場の下働きをしていました。この間に人の嫁はんに次々に誘われ、姦通《かんつう》事件を三遍起こし、人生とは何か、金とは何か、ということがよくよく分かりました。

人は普通、自分が人間に生まれたことを取り返しのつかない不幸だとは思うてません。しかし私は不幸なことだと考えています。あなたの場合、まだ人生が始まっていないのです。

世の多くの人は、自分の生はこの世に誕生した時に始まった、と考えていますが、実はそうではありません。生が破綻《はたん》した時に、はじめて人生が始まるのです。従って破綻なく一生を終える人は、せっかく人間に生まれてきながら、人生の本当の味わいを知らずに終わってしまいます。気の毒なことです。

あなたは自分の生が破綻することを恐れていらっしゃるのです。破綻して、職業も名誉も家庭も失った時、はじめて人間とは何かということが見えるのです。あなたは高校の教師だそうですが、好きになった女生徒と出来てしまえば、それでよいのです。そうすると、はじめて人間の生とは何かということが見え、この世の本当の姿が見えるのです。

せっかく人間に生まれてきながら、人間とは何かということを知らずに、生が終わってしまうのは実に味気ないことです。そういう人間が世の九割です。

私はいま作家としてこの世を生きていますが、人間とは何か、ということが少し分かり掛けたのは、三十一歳で無一物になった時です。世の人はみな私のことを阿呆《あほう》だとあざ笑いました。でも、阿呆ほど気の楽なことはなく、人間とは何か、ということもよく見えるようになりました。阿呆になることが一番よいのです。あなたは小利口な人です。

心配に取りつかれています

相談者　無職女性　80代

80歳を過ぎました。

夫は10年前に死に、いまは東京近郊に、都内で働く孫娘と2人で暮らしています。ひざに多少痛みがあったり、コレステロールの数値が高かったりしますが、この年齢まで大病もせず、元気で過ごしてきました。

ただ、私は人に言わせるとひどい心配性のようなのです。

例えば、孫の帰りが予定より1時間遅くなっただけで、「事件にでも遭ったのでは」と心配になって、気が気ではありません。雨戸を開けて窓から外をのぞいたり、玄関から出てうろうろしたりします。「大丈夫、何もなく、すぐ帰ってくる」と自分に言い聞かせても、心は休まらず、帰ってきた孫に

「すこし遅れたぐらいで何心配しているの」と怒られてしまいます。

50歳になる長男も心配の種です。40歳すぎで離婚したあと再婚しようとしません。連絡をよこさないので、生活ぶりもわからず、たまに新聞で「電車の中で痴漢で逮捕」などという記事の見出しを見ると、「ひょっとしたら」と思って、心臓が止まりそうになるときがあります。

夜中にふと目覚め、何かが心配になり始めたときの心細さといったらありません。子どもたちは「心配のデパートだね」と笑いますが、心が休まらず、いやになります。人生の最後のステージをもうすこし安らかに過ごすために、何をしたらいいのでしょうか。

回答

救いのない人生に救いを求めるから

あなたは心配性の人ですね。驚きました。でも、さまざまなことが心配になるのは、人生においては避けて通ることは出来ません。

お釈迦《しゃか》さまは、人生は四苦八苦に貫かれていると説かれました。四苦八苦とは生《しょう》、老、病、死、愛別離《あいべつり》苦《く》、求《ぐ》不《ふ》得《とっ》苦《く》、怨憎会《おんぞうえ》苦《く》、五《ご》陰盛苦《おんじょうく》のことです。これを避けるためには、お経をとなえること、座禅をして瞑想《めいそう》すること以外に道はないと諭されました。つまり人生は苦だらけなのです。私はその苦についてのみ考えて生きてきました。

生、老、病、死が苦であることは誰にもすぐ分かることとです。生が苦であるのは、人はこの世に生きるためには、お金を稼がねばなりません。この世では人殺しをしたり、詐欺を働いたりしてお金を得ようとする人もいますが、普通の人は真面目《まじめ》に働いて得ようとします。この真面目に働くということがなかなかに苦なのです。

愛別離苦は愛する人と死に別れることです。求不得苦は求めて得られない苦しみです。怨憎会苦は怨《うら》みや憎しみをいだくことです。

五陰盛苦の五陰とは色《しき》、受、想、行《ぎょう》、識のことです。色とは食欲と性欲。受とは感受性、感覚。想とは想像力。行とは、なになにをするという意志。識は物事を認識することです。

この五つを総称して業と言いますが、業苦《ごうく》が盛んになることは苦しみであると、お釈迦さまは説かれたのです。

つまり、人生には救いがないということです。その救いのない人生を、救いを求めて生きるのが人の一生です。

ために宗教や文学があるのですが、世にはインチキ宗教やインチキ文学が多いのは、日々の新聞記事を見ていたらよく分かることです。インチキの目的は、金もうけということです。だから甘い話に人はすぐに騙《だま》されるのです。

甘い話は、特に要注意です。

ご子息は中年になって離婚されたのだそうですが、私は世の半分以上の女は信頼できないと思うております。

うちの嫁はんの女友だちを見ていると、まず八割は虫のいい女です。地道に働いて、なるべくお喋《しゃべ》りをしない、という覚悟がないのです。

私の母親はもう八十四歳ですが、毎日、黙々と田んぼ仕事しています。愚痴を言いません。黙って生きることが大切です。

ケチで、みみっちい夫に幻滅

相談者　共稼ぎ主婦　37歳

37歳の働く女性です。同い年の夫と結婚して4カ月になります。結婚してすぐに家を買いました。

夫婦の共有名義で、それぞれローンを組んで、きっかり半額ずつ払いました。半分ずつ負担しているにもかかわらず、ことあるごとにローンが大変だ、ローンが大変だとこぼします。生活費もローンが大変だから多く入れられないとほざきます。

自分の欲しいものを買うにも夫婦共通の口座から引き落とそうとします。おまけに、結婚祝いで同僚や近所の人からいただいたものを新居で使っているのですが、おれがもらったものだ、おれがもらったものだ！　と何度も恩着せがましく言います。

最初は我慢していましたが、勇気を出して、「自分の欲しいものは自分で買って」「私も同額のローンで大変な思いをしていて、大変なのはあなただけじゃない」と言い、そして、彼より3倍も4倍も友達や同僚からお祝いをもらっていたので、「これは私がもらったもの、あれも私がもらったもの」と言い返すようにしました。

問題はここからなんです。

一連のやりとりで、私の心はだんだんすさんでいき、しみったれでみみっちい夫に対して、愛情がなくなってしまいました。離婚も頭をよぎります。しかし、まだ結婚して半年もたっていません。このくらいで離婚を考える私は甘いでしょうか。

回答

お金の愚痴言う男は救えません

私の父は、お金のことで母によく小言・泣き言を言うていました。私はそれを聞くのが嫌いでした。この小言・泣き言を聞く以外には、父には不快感を持ったことがありません。

父は地主の総領の甚六として育ったのですが、戦後の農地改革で田んぼの大部分を失ったのです。呉服の行商をしていました。私が子どもの頃の田舎では、まだ呉服が売れたのです。売れなくなると、損害保険代理店を営んでいました。無理をして倅《せがれ》の私に、東京の大学を卒業させてくれました。それ以後はお金を両親からもらったことはありません。

私は結婚が決まったとき、一つだけ決心をしました。お金のことで嫁はんに、小言・泣き言を言うのは絶対にしない、と。

嫁はんは下総《しもうさ》九十九里浜の下駄《げた》屋の娘です。文部省が昭和三十年春から、全国の小・中学校の児童・生徒に下駄履きでは登校しないようにと、お触れを出したので、下駄屋は壊滅的な打撃を受けました。嫁はんの父は千葉県柏市に出稼ぎに行かざるを得なくなりました。それでも愚痴・泣き言は一言も言わなかったそうです。

五十五歳の秋、私が勤めていた会社は、他の会社に乗っ取られ、私は馘首《くび》になりました。貸家の家賃が払えなくなり、他のより安い貸家に引っ越しました。嫁はんは黙って内職を始めました。

私は危機を感じ、必死で小説原稿を書いて、賞をいただき、それ以後は原稿料で飯を喰うています。「必死になった」ことの結果です。賞をいただいても、すぐに書けなくなって、出版社・新聞社の人に見捨てられる男・女は多いですが。

あなたの夫は駄目な男です。ことお金のことに関して、愚痴・小言・泣き言の多い男を救う道はありません。女だって、同じです。この世は黙って働くことが一番大事です。最低限、飯が喰えれば、あとは貧乏がよいのです。

世には困っている人の施設があります。親に捨てられた子の施設とか、子に捨てられた目の見えない老人の施設とか、さらに困難な三重苦の人の施設とか。

三重苦とは目が見えず、耳が聞こえず、言葉が話せないことです。鈴木善幸さんは歴代の内閣総理大臣の中でただ一人この施設を訪れ、可能な限り救う手立てを講じた人です。世にはこんな人もいるのです。

人の不幸を望んでしまいます

相談者　主婦　46歳

46歳の主婦です。「人の不幸は蜜の味」とは言いますが、私は人一倍他人の不幸を望む気持ちが強く、悩んでいます。

たとえば、息子の野球のチームメートがケガをすると、ほっとしてしまいます。それによって息子が試合に出られるかもしれないし、また、息子が「自分はああならないように」と注意深く生活するようになるかもしれない、それにもともとみんなスポーツも勉強もよくできる子たちなのだから、少しくらい痛い目に遭ったっていいだろう……などと考えてしまうのです。

自分の心の調子が悪いときは、長く病気に臥《ふ》している友だちに会いたくなります。友だちに会って、「自分は彼女よりは幸せ」と納得したいのです。

逆に、幸せな人たちを見ると私自身どうも落ち着きません。誰かから何か悩みを相談されたりすると、うれしくなってしまいますが、その人の悩みがあっさり解決してしまったりすると、がっかりする気持ちがどこかにあります。

自分自身は、優しい夫と、やんちゃでかわいい子どもに恵まれ、世間的には幸せなのかもしれません。ですが、幼い頃からコンプレックスが非常に強いのです。自分を認めてくれず、すぐに激高する父親に育てられたせいかなと思うときがあります。心を入れ替えたいのですが、どういった方法があるでしょうか。

回答

あなたには愚痴死が待っています

あなたのご相談を読ませていただいて、まず思ったのは、この人は一生救われないな、ということでした。

普通、人は二十歳くらいになると、もう人間性は出来上がってしまっています。心を入れ替えたいのですが、と申されますが、世の中の九割九分の人は入れ替えることは出来ません。

私の知人で心を入れ替えた男が一人だけいます。この男はやくざ者でしたが、二十代の末に嫁をもらい、女の子が生まれたのをきっかけにやくざ生活からは足を洗い、その後はトラックの運転手として真面目《まじめ》に生きてきました。

私は非常に尊敬しています。

あなたはよいだんなにも、よい子供にも恵まれ、健康でもあるようなので何も問題ない人だと思われますが、「人の不幸は蜜の味」を味わいたいという強い欲求の持ち主だから、まず自分が不幸になって、苦い思いを舐《な》める以外に救いの途《みち》はありません。子供が不治の病に罹《かか》るとか、夫が事故死するとか。そうなれば、あなたははじめて普通の人間になれるのです。

私は不幸だらけで生きてきて、四十八歳の秋、「あなたのお嫁さんになってあげる」と言う女が現れ、はじめて結婚しました。

あなたはこれまで一度も、人生の不幸を経験（体験）されたことがないのです。人生の不幸は、病気・貧困・思想的挫折がおもな原因です。あなたがこれから先、もしまっとうな人生を歩まれるとしたら、これらの人生の不幸を乗り越えた時だと思われますが、あなたには人生の不幸を乗り越える力がありません。愚痴死が待っているだけです。それは私には明瞭《めいりよう》に見えています。つまり、あなたには一切の救いがないのです。

あなたの劣等感の原因は「自分を認めてくれず、すぐに激高する父親に育てられたせいかな」と思われているようですが、人間はみな不完全なのです。

この「不完全」ということを覚悟することが大事です。

私の人生は遺伝病で、あらかじめ破綻《はたん》したところから始まりました。また三十歳代は月給二万円の生活でした。八年間の破綻生活に耐えられたことが不思議です。破綻すれば、その破綻を「金もうけ」「名誉のため」によい方向に生かそうとする人が横から現れて来るのです。つまり、小説を書いて賞を取れ、と。実にこの世は不思議です。

義父母の同じ自慢話にうんざり

相談者　主婦　30代

結婚10年、30代の主婦です。自身や息子たちの同じ自慢話を何度もする義理の父母に、心の中でうんざりしています。でも毎回、その話を初めて聞くような相づちを打ってしまいます。

義父の仕事の実績

義母は学生のときスポーツの選手だったこと

長男（私の夫）を私立の幼稚園に入れたこと

大学受験で、高校から唯一長男だけが国立大に合格したこと

次男はスポーツの才能があり推薦入学を誘われたこと

などなど、書き出したらきりがありません。

10年間、1年に最低2回は実家に行っているので、同じ自慢話を20回ずつ聞いています。夫も、隣で黙って聞いています。

実家の玄関を開ける前にいつも覚悟するのですが、聞いた後、必ず不快な気持ちになります。嫁である私に、「うちの家族はすごいんだぞ！」と、念を押したいのでしょうか。

夫に「どうして同じ話ばかりするの？」と聞くと、「ほかに特に話すことがないからじゃないか」と答えます。でも私には、わざと自慢話をしているように思えます。ちっぽけな自慢話がプライドを保つ方法なのでしょうか。

先日、帰り道で「もう無理、耐えられない」と、涙があふれました。勇気を出して「その話20回目ですよ」と言っていいのでしょうか。それとも聞くのが嫁の役目でしょうか。

回答

愚痴よりすこし聞きよいはずです

世の中には自慢話の好きな人がいます。ある意味では、幸福な人です。あなたの義父母は、そういう人です。が、人の自慢話を聞かされるのは、誰にとっても、たしかに苦痛です。不幸になればいいとは思いませんが、この手の人は、不幸になれば愚痴・小言・泣き言ばかりを一生、言い続けるでしょう。この三つを聞き続けるのも、なかなかに苦痛です。

私の父は金持ちの長男に生まれて、田舎の村では、はじめて旧制中学校に行った人でした。が、昭和二十二年の農地改革で田んぼの大部分を失うと、あとは死ぬまで愚痴・小言・泣き言を言い続けていました。あなたの義父母も、私の父と同じ憂き目を見る可能性があります。

されば、自慢話を聞かされるのがよいか、愚痴・小言・泣き言を聞かされるのがよいか。

どちらも苦痛に変わりありませんが、私の経験では、まだ自慢話のほうが、ほんのすこし聞きよいと思います。私の父のように、金持ちから貧乏に転落した男の悲哀ほど、気の毒なことはありません。

本当は自慢話も、愚痴・小言・泣き言も一切言わないのが一番よいのですが、そういう人はめったにいません。

私の友だちで、東京大学大学院を一番で卒業し、いま東北大学の哲学教授をしている人がいます。この人は登山家で、私と嫁はんは、年に一度、日本国内の高い山へ連れて行っていただきます。偉い人で、この人が今まで自慢話をするのを私は一回も聞いたことがありません。もちろん愚痴・小言・泣き言も一切言わないので、私は尊敬していますが、こういう人はめったにいません。

自慢話ばかりしている人は、それ以外には生き甲斐《がい》のない人です。精神性の低い、脳みその皮が薄い人です。これは生まれつきの性質なので、死んで、寡黙な人に生まれ変わる以外に、救う途《みち》はありません。そう生まれ変われるとは思いませんが。

ただ、世の半分以上は自慢話の好きな人です。もしあなたが義父母の自慢話に耐えられないのなら、耐えられません、とはっきり言えばいいのです。その結果、重大なことが起きれば、その責任はあなたが取ればいいのです。いやなことに黙って耐えるよりは、ずっと気持ちが楽になるはずです。

人間世界には、楽な道はありません。

40年連れ添った妻の浮気で

相談者　無職男性　66歳

66歳の男性です。相談は私の妻63歳の浮気の件です。

妻は、4年ほど前から山仲間の63歳の男性に登山の指導を受けていたようで、あるときはグループで、あるときは2人だけで登山へ行くようになり、回を重ねて気心も知れ、浮気となったようです。

この話をつい1カ月ほど前に妻の告白で初めて知りました。「早く手を切りたかったが、おどされて」と泣きながら、訴えるのです。聞いた瞬間は頭に血が上ってしまい、まさか私の妻が浮気……と、とても信じられませんでした。

あまりのショックに血圧が上がって医者通いになり、睡眠不足の日々が続いています。

そしてこの男性が妻と別れたくない一心で今度はストーカーに変身して、現在、警察の世話になる始末です。

言い訳をするつもりではありませんが、4年ほど前と言えば、自分は寝たきりの母の介護や、町内会などの福祉活動に飛び回っていました。妻に対しては監督不行き届きであったのか、少々夫婦間の会話が不足していたようにも思われます。

40年も連れ添いながら悔しさと腹立たしさの毎日で、離婚を考えるようになりました。妻はやり直したいの一心のようですが、日々悩んでいます。ご指導、ご意見のほどよろしくお願いいたします。手が麻痺《まひ》のため、乱筆乱文失礼します。

回答

お寺を訪ね歩き、心静まる時間を

手が麻痺のため、乱筆乱文失礼します、とご相談の末尾に記してあります。まことにお気の毒に感じます。私は遺伝性の疾患を抱えてこの世に生まれてきたので、鼻で呼吸することが出来ません。鼻の穴から膿《うみ》が流れ出て来るので、物心ついた時から、多くの人に「お前は、汚いッ」と言われ続けてきました。けれども汚いのは事実であるので、こんな病人のところへ嫁いで来てくれた、うちの嫁はんには深く感謝しております。

妻の浮気について、悔しさと腹立たしさの毎日で、離婚を考えるようになりました、と記してありますが、人の罪を許すのはきわめて困難なことです。

ある著名な哲学者が、自分の妻が自分の友だちである哲学者と「出来ている」ことを告白したあと、苦悩の後半生を過ごしてきた、と自叙伝に書いています。その苦悩の深さが、この哲学者の文章を輝かせています。皮肉なことです。が、私はいつもこの哲学者の文章を読むたびに、救われるような気がします。全集を全部、読みました。

あなたの場合は、あまりの衝撃に血圧が上がって、医者通いになり、睡眠不足の日が続いているとか。私の胸も痛みます。

奥さんはやり直したい一心のようですが、上記の哲学者夫婦の場合と違って、男のほうはあなたの奥さんと絶対、別れたくない意向なのだとすると、いずれあなたが襲われる日が来る可能性があります。いまそう危険を感じるのであるならば、離婚して別な場所で暮らす以外に、身の安全を守る方法はないと思います。傷つけられるとか、殺されるといった事件になることは、何としても避けなければなりません。

それに、あなたは病人です。私の経験では、この世に病人として生きることは、生易しくはありません。

健康な人で、病人の苦悩が理解できる人は、ごく少数です。自分の親族に重い病人が出て、その介護・心配をしている人にしか、分からないことです。親族に重病人が出て、はじめて病者の苦悩が分かるのです。それが、大部分の人間の本質です。

私は仏教徒なので、奈良県の大和盆地のお寺を訪ね歩くのが好きです。卑弥呼の墓である、とも言われる箸墓《はしはか》古墳とか、法隆寺、山辺《やまのべ》の道、春・秋の吉野の西行庵《あん》・蔵王堂など、一人で行けば、心静まる時間が得られます。あなたにもぜひお勧めいたします。

憎しみを癒やしたいのです

相談者　主婦　40代

この欄で車谷長吉先生を初めて知り、兄の死によって書ききれない悲しみと苦しみを味わった私にアドバイスをいただきたいと思いました。

兄は漁師町から20歳で都会へ出てきました。死に物狂いで働き、結婚。おたがい再婚同士でした。兄嫁の両親の隣に新居を建て、建設業の小さな会社をおこし、田舎の両親も役員にして仕事は順調でした。

兄には田舎の両親を近くに住まわせる夢もあり、準備もしていました。そんな優しい兄でしたが、一昨年12月の寒い朝、49歳で亡くなりました。小学生の子どもが階下へ下りて発見したときは冷たくなっていたといいます。

夫婦仲の悪さにそのとき気づきました。兄と対面したときは硬直した左腕は上に上げられたまま、ふとんではなく、タオルケットがかけてありました。兄嫁は「体調が悪い」と通夜にも来ませんでした。昼間は彼女の兄の嫁と、「クリスマス」の話題で談笑していたのです。私の両親が会社の資産を聞いたとたん激怒し、形見分けすらしてもらえず、兄の愛車やトラック、機械は兄嫁の兄がすべて自分のものにしました。

さらに多くの仕打ちがありました。憎しみを閉じこめています。もうすぐ2年、私も前を向いてしっかり立たないと両親が心配です。憎しみを癒やすためのアドバイスがほしいのです。

回答

哲学・文学・宗教で自分を救う

私がいつも思うことは、人間としてこの世に生まれてきたのは不幸なことだな、ということです。世のほとんどの人はそうは自覚していませんが、実際に世の中を横から見たら、幸福な人は極めて少ないと思います。何一つ不足・不幸がないように見えても、一歩内側に招き入れられると、不幸を黙って耐えている人がたくさんいます。そのたびに、私は深く驚き、黙って耐えているその人に、深い敬意を覚えます。

お兄さんが亡くなられたのは、お気の毒なことです。兄嫁もあなたのお兄さんと夫婦仲が悪く、不幸だったのです。その不幸を兄嫁の兄は横から見ていたのです。あなたのお兄さんの愛車、トラック、機械などを兄嫁の兄がすべて自分のものにしてしまった、とありますが、いずれ自分の妹の子に譲ってやるつもりなのかもしれません。

むろん世の中には強欲だけの人もいます。もしそうだとしたら、救う途《みち》はありません。この「強欲だけ」というのが、ある意味もっとも「人間らしい」とも言えるので、人間としてこの世に生まれてきたことには、基本的に救いはないのです。

世には、人間として生まれてきたことを、喜んでいる阿呆《あほう》もたくさんいます。そして蛇や蛙《かえる》をなぶり殺しにしたりして、うれしがっているのです。私も小学校低学年の頃、蛇をなぶり殺しにしている現場を母親に見られ、悲壮な言葉遣いでしかられたことがあります。そのとき、お寺に連れていかれ、お坊さんに教えられたのが「仏の慈悲」でした。

憎しみを癒やすための言葉を、というご相談ですが、「仏の慈悲」以外の言葉を私は知りません。大部分の人は仏ではないので、いったん憎しみを持つと、死ぬまで消えません。私の経験で言うと、年月が三十年以上経過すると、憎しみは薄らいできますが、憎しみが無になることはありません。そこが人間の愚かさ・悲しみです。

よって人間にはお釈迦さまがおっしゃった意味での救いはないのです。そう覚悟することが、大事です。腹《はら》いせなどしてもより悲惨なことになります。救いのない自分の人生をどう救うか。それには哲学・文学・宗教（新興宗教の目的はカネ取りです）に触れる以外ありません。少しでも「仏の慈悲」を見習うことが、必要です。人生には「楽」はありません。

健康な人に嫉妬してしまいます

相談者　女性　30代

長年蓄膿症《ちくのうしょう》に悩んでこられたという車谷さんに、ぜひアドバイスをいただけないかと思っています。健康な人に対しての嫉妬《しっと》心で悩んでいます。

私は虚弱体質で、物心ついたころから大変苦労してきました。小学生のころから睡眠は浅く、頭痛は常にありました。何かの拍子に吐くこともよくありました。30歳を過ぎた今でもそれは変わりません。

昼間は常に眠くて頭痛がする状態です。しかし見た目にわかるような状態ではないので、誰にも思いやってはもらえません。だるそうだったり眠そうだったりしても、それはやる気がないととられるだけです。普通に通勤することができないので、在宅で仕事をすることになりました。

私は健康な人に嫉妬心を抑えることができません。妊娠、出産という状況にいる女性に対しては、とくにそうです。つわりで吐き気がして大変だというと、周りの人にいたわってもらえます。授乳で寝不足だというと、心配してもらえます。妊娠や出産は病気ではなく、むしろ健康で幸せな証拠なのに。同じ経験をしている人がやまほどいるので、共感をしてもらえるのです。私の吐き気や寝不足は毎日ですが、誰がわかってくれるでしょうか。誰に思いやってもらえるでしょうか。

嫉妬心を抑えることのできない自分が嫌でたまりません。

回答

比較すれば必ず優劣がつきます

私は田舎の高等学校を卒業する直前、一学年下の女の子数人に、人生で一番大切なものは何ですか、と尋ねられ、「健康だと思います」と答えたのを、つい、きのうのことのように覚えています。けれども、その人たちにとっては、健康はごく当たり前のことだったので、私の言うたことの意味は、よく分からなかったようです。誰も重い病気など、経験したことがなかったのです。その夜、私は「孤独を強く決意」しました。私は鼻で呼吸することが出来ない人間として、この世に生まれて来ました。鼻で息が出来る人には、この苦しみは分からないことです。これは、つらいことです。

人の本質は孤独です。他人と自分を比較することには、価値はありません。

あなたは虚弱体質で、物心ついたときから、かなり苦労なさってきたようです。つまり他人と自分を比較することばかり、なさってきたようです。比較するがゆえに、苦痛を感じるのです。比較することは無価値なのですが、世の大部分の人は、比較しながら生きています。「愚か」です。明治以来、文部省がそういう教育をしてきたのです。

不幸な人はしばしば、他人から思いやってもらうことを願いますが、その願いはほとんどの場合、かなえられません。ひとりぼっち（孤独）を決意する以外に、救いの道はありません。

あなたの場合は、嫉妬心を抑えることが出来ない自分に、自己嫌悪を感じていらっしゃるようですが、それはつらいことです。そのつらさから逃れる道は、他人と自分を比較することを止める以外にありません。比較すればかならず優劣がつきます。「劣でいいのだ」と決意出来れば、そこから「精神の自由の道」が開けて来ます。自己嫌悪は少なくなります。

私は四十歳ぐらいのときまで「優の人」とつきあってきましたが、それは無価値だと気づいたので、あとは孤独だけを信じて生きてきました。すると楽になりました。優劣をつけることは、浅ましいこと、浅はかなことです。「妊娠・出産」への特別なお気持ちはよくわかりますが、うちの嫁はんは健康ではあるものの、「事情があって」結婚・妊娠・出産を断念したところから自分の人生を始めた人です。だから私と結婚したときは、すでに四十九歳でした。貧乏を気にしない、貧乏人でした。在宅で仕事をしていました。

妻が新興宗教に凝ってます

相談者　会社員男性　30代

30代の夫です。妻が某新興宗教を信仰していて、年を重ねるごとにその気持ちが強くなっているようです。

大金をつぎ込んでいるとか、お祈りばかりしていて生活にならないとかまではいかないものの、2人の子供たち（小学生の長女、長男）に影響を及ぼしていることが心配でなりません。

大したことはないと言えばそれまでなのですが、わが家にその宗教の神棚を設け、そこに供えている水を毎日飲んだり、常に肌身離さずお守りを身に着けたりしています。「何のためにそうする必要があるのか」と問いただしても、まともな答えが返ってくることもなく、口論となる繰り返しです。

元をただせば、妻の母親が同じ宗教を強く信仰していました。家庭不和があったこともあり、妻も幼いころは、そんな母親がいやだったはずです。でも、結局同じことをしています。それと、長女が生まれて間もなくは体が弱かったこともあり、現在は元気で過ごせていることが信仰のお陰であるという思いもあるようです。

妻には、私と宗教のどちらをとるのかと、強引な話を切り出しても変わりません。子供のことは心配ですが、宗教が原因で離婚したくはありません。

信仰の自由があることは知っていますが、信仰や宗教のことでもめることなく、家族で過ごしていく方法はありますか。

回答

騙されるのは楽になる道なのです

私の田舎の母親は、次々に四つも五つもの新興宗教の教徒になり、それらすべての教団にお金をつぎ込むことによって、人生の苦悩を、少しでも軽くしてもらおうとしていました。親父《おやじ》は黙っていました。母親に誘われても、見向きもしませんでした。しかし母がお金をつぎ込むことには、口出しはしませんでした。多分、それ以外に取るべき途《みち》がなかったからだと思われます。口数の少ない人で、ただ黙って田んぼ仕事と呉服の行商をするだけの人でした。

この世の大多数の人の一生は、苦悩の連続です。それに耐えて生きる以外に、生きる途はありません。耐えられない人は自殺するか、精神を病むか、どちらかへ進んでいきます。私の血縁者には自殺者が五人います。うち四人は「虫のいい男」で、「楽をして、いい目を見たい」としか考えない人でした。

あなたさまの奥さんは、いまのところ「大金をつぎ込んでいる」様子はないとのことですが、大多数の新興宗教は「金取り」を目的としています。私の母などは、金を差し出すことによって、精神的には少し気が楽になっていたようです。つまり騙《だま》されて楽になっていたのです。

この世に人間として生まれて来たことの不幸から、少しでも救われたいと思う人は、文学・芸術・哲学の道に進む以外に途はないのですが、この途に進むことはきわめて困難なことです。まず貧乏に耐え、勉強をする決心が必要です。その決心は大部分の人には出来ません。従って手取り早くは、新興宗教以外に途はないのです。

私の母などは、私が作家として名をなすと、けろりとして新興宗教には近づかなくなりました。しかし私が作家として認められたのは四十七歳のときで、それまでは新興宗教三昧《ざんまい》でした。母は六十七歳でした。騙され、お金を差し出す以外に、救いがなかったのです。毎日、苦しい思いをして田んぼ仕事をしていました。字が読めず片目も見えない義理の曽祖母がいつもそれを哀れがっていました。

私はインドのお釈迦《しやか》さまが書かれた経典およびその研究書を、繰り返し読むことによってある程度、救われました。人間の本質は弱い、ということです。これを変えることは出来ません。だから新興宗教に騙される人は多いのです。でも、それを夫であるあなたが説得することは出来ないでしょう。

結婚に性交渉は必須ですか

相談者　独身女性会社員　40代

40代の独身女性会社員です。

両親、フリーターの兄と同居しています。

結婚願望があり、20代後半で結婚相談所へ入会しました。でも母に「このまま兄と同居してほしい」と言われ、育ててもらった恩から迷いが生じ、見合いはうまくいきませんでした。

30歳で、子宮の病気がわかりました。その後、38歳で子宮を全摘しました。そんなことも影響してか、私は付き合う人もできませんでした。職場では1児の母である同僚から独身の理由を問われたりして、とてもつらかったです。女子校のミニ同窓会のときも、私以外は既婚で母親のため、独身の私に気をつかっているのがわかり、参加を後悔しました。

しかし、40歳を過ぎ、私が妊娠出産ができなくても、性交をすることが苦手でも、結婚を了承してくれる人がいるのではと思い、結婚願望を再び持つようになりました。

私の母が、父と性交をする、しないで、もめているのを見たことがあるので、母には相談できませんでした。

結婚に性交は大事なことで、出来なくて離婚したり、愛人を作ったりした話も聞きます。年老いてもやはり、性交は大事でしょうか。いろんな原因で性交が出来なくなったり、苦手だったりすると、結婚は出来ないのでしょうか。新聞で取り上げにくいテーマですみません。

回答

私は大事でないと思うております

私は四十八歳の秋、四十九歳の女と結婚しました。女は「事情があって」子はいらない、と言うていました。だから、結婚しました。私は女と性交することが嫌いです。けれども結婚したあとは時々、性交をしていました。が、五十三歳の冬、突然、強迫神経症・心因性胃潰瘍《かいよう》に罹《かか》り、性交不能となったので、以後は性欲が一切湧《わ》いてきません。するとと嫁はんも求めなくなったので、いまではほっとしています。強迫神経症を病むと、なかなか完全には治りません。

あなたさまは「年老いても性交は大事」と思うておられるようですが、私は大事ではないと思うております。結婚生活においても、大事なのは健康です。私は今のところ、まずまず健康ですが、心の中では、一日も早く死にたいと願っています。しかし嫁はんを捨ててはおけないので、一生懸命、働いております。この世に生きるためには、お金が必要です。

性交には快楽がともないます。その快楽が好きな人には、問題はありませんが。けれども、私は「不安な快楽」だと思うています。性交の快楽は、理性の働きに反しています。自己壊滅してしまいそうな危機（鬼気）を感じます。私はよく人から、お前はあまりにも理性的だ、と非難されますが。不可解な言葉です。一種のからかいなのでしょう。世の中には、私と同種の男がいると思います。ただ、そういう男は私と同じように病人や身体障碍《しょうがい》者が多いのでは、と想像されます。

健康でない人間の苦痛は、基本的に、健康な人には理解されません。理解されたいと願っても、七割以上には不可能です。この「不可能」ということを、よく腹に据えることが大事です。さらに大事なのは、自分よりもっと困っている人を助けることです。自分に可能な限りで。無理をすれば、必ず人生は破綻《はたん》します。

結婚は、それを覚悟すれば可能です。身体に病や障碍があっても、黙ってそれに耐えている男・女は多いと思われます。黙って耐えるのは難しいことですが。

人間としてこの世に生まれてきたことには救いはない、と「徒然草」を書いた吉田兼好は考えていました。自殺はしませんでしたが。私はこの書と夏目漱石を、自分の人生の指針として生きてきました。漱石は「死ぬのは厭《いや》だッ」と叫んで死んだそうで、私には深い驚きです。

義理の親を看取る理由は？

相談者　主婦　40代

40代の主婦です。

車谷長吉さんは毎回宗教的とも言える観点から回答されているので、今回の私の相談も、そのような視点から、お答えを頂きたいのです。

人はどうして、年を取った親の面倒をみなくてはいけないのでしょうか。とくに義理の親の場合です。

自分の両親が弱い立場になってしまったら助けてあげたい、寄り添ってあげたいのは当然ですが、私は現在、夫の両親と同居しています。

どうして苦しい思いをしながら義理の父母と同居を続け、いずれ面倒を見ることをしなければいけないのか、その理由が見つかりません。

同居を始めて、義父母の強い干渉と、多忙な夫とのすれ違い生活の孤独感から、1年後には私は心の病気になりました。そこから、色々な病気を併発し9年がたちました。気持ちの支えにしていた仕事も病気のため辞めざるを得なくなりました。自分の生きる意味さえわからなくなりました。

現在は治療をしながら、義父母から自分の存在を消すように毎日ひっそり生活しています。

同居しているわけですから、現実問題として、ゆくゆくは義父母の看取《みと》りまで私がするのです。そのことは頭ではわかっているつもりですが、そうしなければならない理由、自分を納得させる理由が欲しいのです。

回答

逃げ出す以外に道はありませんが……

人は他の生き物を殺し、それを食うて生きています。私は三十代の八年間、料理人をしていたので、多くの魚・エビ・カニなどを殺し、給料をいただいていました。直接殺さないでも、食べている人には深い原罪があります。この原罪のない人は、この世にはいません。

頭では理解していても、心では納得出来ないことが、人には多くあります。どうすれば心で納得できるか。その方法は、私には分かりません。

私の父は七十五歳で狂死しました。六十六歳で肺結核になり、結核菌が脳に上ったのです。便所で用を足すのも理解できなくなったので、毎日、畳の上で大小便をしていました。十歳下の母はいま八十五歳。田んぼ仕事を生き甲斐《がい》にしています。都会生活が嫌いなので、東京を厭《いや》がっています。母の面倒を見ているのは、田舎の弟です。時々、新聞・テレビに私が出るのを楽しみにしています。が、私が作家という「ならず者」になったので、私は出入り禁止です。

義父母の看取りをするのが厭なのなら、逃げ出す以外に道はありません。逃げ出せば、ホッとする、と同時に、いまよりさらに苦しい思いをしなければならないでしょう。人間としてこの世に生まれてきたことには、一切の救いはありません。救いを求めるさもしい心はありますが。だから人は、四国お遍路へ行ったりするのです。弘法大師の教えに従って。私も嫁はんと歩いて行きました。行ったけれども、私に分かったのは、作家である自分には救いはない、ということでした。作家は人間悪をえぐり出す人です。でも、お遍路に行けば、救いを感じる人もいると思われます。そういう人に数人、出会いました。

私が現実に四国お遍路に行って、一番救いを感じたのは、お遍路さんが通る山道を、小さなスコップ・手鉤《てかぎ》などで補修している初老の人に出会ったことです。毎日、一人で黙々と遍路道の手入れをしているようでした。話しかけようとしましたが、手を休めようとしなかったので、頭を下げて通り過ぎ、仏さまに出会ったような気がしたので、あとで木の陰に隠れて土下座をして拝みました。それを思い出すと、今でも涙がにじみます。

あなたさまのお悩みを読んでいると、あなたさまを含めてご一家の人には、救いはないと思います。それを覚悟なさるのがよいと思われます。

お金に執着してしまう

相談者　主婦　40代

40代の主婦です。

私は子供のころからあまり裕福ではない家庭に育ち、母が節約する様子を子供心にもせつない気持ちで見ていました。

結婚した今は、昔に比べればはるかに良い暮らしをさせてもらっていますが、夫の給料は高くなく、家計は毎月赤字です。

毎朝スーパーのチラシを見て1円でも安い店をチェックするのが日課になっています。「1人1個限定」となっている広告品はレジを変えて並びなおしたり、家と店を何回か往復したりして購入しています。

でも、自分が安いと思って買った品物が、別の店で同じ日にさらに安い値段で売られていることが、ときどきあります。それを知ったときのショックといったらありません。損をした気分で、しばらく胸の中がモヤモヤしています。そういうことが何回か続くと損失金額を計算して憂うつな気分に陥ります。

ポイントカードを忘れてしまい、ポイントをつけてもらえないときなども落ち込みます。日々の買い物のことでこんなに落ち込んだりしているのです。この調子だと、一生、こうした悩みが続くのではないかと思い、いやになります。

もし、もっとお金持ちだったら、こんな悩みはなくなるのにと、今の生活を恨めしく思うこともあります。人生このままでは楽しくありません。どうしたらいいのでしょうか。

回答

健康であればいいという人生観

私は貧乏百姓の子として、この世に生まれてきました。しかし、もっと金持ちの子であればよいのに、と思うたことは一度もありません。貧乏と言うても、飯が食えないで困ったことはなく、親に無理を強いて、大学まで出してもらいました。親には悪いことをしたと思うております。父は田んぼ仕事のほかに、近郷近在の村へ呉服の行商に行っていました。つまり、下層中産階級の倅《せがれ》です。

小学校のころ、同じ組に給食代が払えず、給食の時間になると廊下に立っている女の子がいました。「福祉」という言葉は身近になく、「福祉制度」も当時は実感出来ませんでした。中学校を卒業しても、上の高等学校や専修学校へ進学出来ない人が、三割ぐらいいました。

私はお金のある生活、裕福な生活が大嫌いで、可能な限りお金を使わないで生きてきました。三十代の八年間は月収二万円ぐらいでした。大学時代の同級生たちは、三十万円ぐらい稼いでいましたが、うらやましいと思うたことはいっぺんもありません。貧乏なほうが気が楽なのです。神戸駅構内のベンチに寝ていたこともあります。嫁はんもかなりの貧乏人の娘なので、お金のことではつべこべ言うたことはありません。

が、五十歳を過ぎて私が思いがけずに大金を手にしたので、嫁はんは大喜びをしました。その代償として私が不治の強迫神経症を患ったので、嫁はんも精神的には困苦の日々を過ごしてきました。嫁はんは一瞬の糠《ぬか》喜びを味わったのです。

人にはそれぞれ人生観・価値観があり、それは千差万別です。私たち夫婦のように、貧乏のほうがよいと思うてる人もいます。が、あなたのように一円でも安い物を求めたり、ポイントカードのつけ忘れで落ち込んだりするなど、お金が大事で執着している人を、私は否定はしません。子のある人なら、子の学費を考えねばなりません。頭の痛いことでしょう。

私の人生観の基本は、健康であればそれ以上のことは何も望まないということです。私は鼻で呼吸が出来ず、生まれつきの身体障碍《しょうがい》者なので、役所の人に手当受給の申請書を提出するように、と言うていただいたこともありますが、それは私よりも、もっと重症の人に差し上げて下さい、と言うて帰って来ました。

死ぬのが怖いから生きてるの？

相談者　学生　22歳

22歳の学生です。

ここ何年か疑問に感じていたことなのですが、どうして人は死を恐れるのでしょうか。生き物として生きていたいというのは当然の気持ちで本能だし、死んだら家族や周りの人にもう会えなくなる、まだやりたいことがある……など、死にたくない気持ちがあるのも分かるのですが、どうして怖いのでしょう。

人の命を軽く考えているのではありません。無差別殺人や災害や病気で亡くなる方の話を聞くと、胸が苦しくなります。なんてむごいのかと思います。

しかし、同時にこうも思うのです。例えば、極端な話、私は死刑より無期懲役の方が残酷で苦しいんじゃないかと、以前思っていました。こんな言い方は誤解を生みそうですが、「生きて苦しみ続けるより、死んだ方が楽じゃないか。死んだらすべてから解放されるのに」と、心の中で感じていました。

私自身、生きてつらい思いをするくらいなら、死んでしまいたいと思ったことがありました。そんな考えは甘えだと思いますし、もしこの考えを、病と必死で闘っている人や、日々一生懸命生きている人たちが聞いたら、なんてごうまんなと思われることも分かっていますが。

やっぱり人は、大事な誰かのためや、目的達成のために日々生きているのでしょうか、それとも、死ぬのが怖いから必死に生きているのでしょうか。

回答

死を覚悟して真《まこと》の人生が始まる

この世の生き物は、すべて死にます。しかるに、いずれ自分が死ぬことを知っているのは人だけです。これが人間の最大の不幸です。死は存在の消滅です。だから恐ろしいのです。それを回避する道はありません。

人はいずれ自分にも死が訪れることをあらかじめ知っているので、自分の死後もかつて自分が存在したことを明示したいがために、芸術・哲学・文学の作品を、この世に残そうとします。古くは万葉集の時代から、営々としてそうしてきました。ある意味では、愚かなことです。自分の死後のことは、誰にも分かりませんから。

私は鼻で息が出来ない身体障碍《しょうがい》者としてこの世に生まれてきたので六十四年間、苦しんできました。病院へ五十日余り入院し、手術も二回受けたのですが、重症だったので回復はしませんでした。楽になる途は自殺しかなく、しかし私は臆病《おくびょう》なので、自死出来ないで生きてきました。ただひとつの願いは、一日も早く死にたいということです。が、嫁はんや古里の母親を捨ててはおけないので、一生懸命、生きてきました。つまり最低限、お金を稼いできました。

五十歳近くなって、少々の余裕が出来たので、私よりさらに身体的・経済的に困っている人たちの施設に寄付してきました。けれども、これには限界があります。これらの施設は全国組織で横の連絡があるらしく、約百ぐらいの施設から、私どものところにもというご依頼がありました。障碍者として生まれたがゆえに親に捨てられた子の施設と、人生の途中で目が不自由になったがゆえに子に捨てられた老人の施設。この二施設に寄付をするのが精いっぱいです。うちの嫁はんの身寄りにも、重度の障碍者がおり、その子の将来も気になります。

私はあなたのことを、考えが甘いとも傲慢《ごうまん》な人とも思いませんが、人はある年齢に達すると、自分にもいずれ死が来ることを、はっきり覚悟する必要があります。極端に言えば、そこからはじめて真《まこと》の人生は始まるのです。この死の覚悟のない人は、駄目な人です。世の七割ぐらいの人は、人生が始まることなく、終了の日を迎えます。私はそういう人を多く見てきました。気の毒にとも思うし、その方がよいとも考えますが、どちらにしても、人としてこの世に生まれてきたことには、一切の救いはありません。

刺し身のツマまで残さない私

相談者　無職男性　70歳

70歳無職の男です。育ち盛りは戦後の物不足の時代でした。父の戦死で父母双方の実家の農家の世話になっていました。そこで祖母から、徹底した「もったいない精神」を仕込まれました。そのせいか今でも、一粒の米、一滴の水、一枚の紙も無駄にできません。

宴席や会席で食べ物は一切残しません。栓を切ったビールは一滴でも残っていると下げさせません。故におひらき近くになると、残っているものを集めては食べたり、飲んだりしています。一人で居酒屋へ行っても、ちょっとでも残っているものは下げさせません。

家では戦後生まれの妻と、そのことで毎日のように衝突します。「炊飯釜にご飯がついているのに洗ってしまう」「鍋にゆでたうどんが2、3本残っている」「見ていないテレビがついている」などと、いちいち私が言います。言われる妻も、見てしまった私も、かなりのストレスを感じて精神衛生上好ましくない日々です。

外食のときはいつも刺し身のツマまで平らげる私に、妻は「はしたない」「ケチくさい」「みっともないからやめて」と膨れ面をします。でもどうしてもやめられません。ケチ、はしたない行為ではないと確信しているからです。でも、もっとおおらかな気持ちに切り替えたほうがいいですか。切り替えられる方法はないものですか。

回答

極端な考え方は良くないですよ

私の父は大正四年生まれですが、父も「もったいない精神」にこり固まった人でした。播州の農村で貧乏百姓をしていました。父の世代で、浪費癖がある人に私は出会ったことがありません。ごく少数の人以外は、昔の人はみな「もったいない精神」に差し貫かれていました。それが当たり前だったのです。

多くの人が「もったいない精神」を捨てたのは、日本では昭和三十年代以降の高度経済成長にともなってのことです。当時、「消費は美徳になった」と言われていました。当然、私の父も私も、不快感を持ちました。だから、父は平成三年に亡くなるまで、「もったいない精神」を保持し続けていました。私もいまでも持ち続けています。ぜいたくがきらいです。なるだけお金を使わないようにして暮らしています。質素な生活が一番良い生活だと信じています。うちの嫁はんも同様です。

でも、あなたさまのご相談を読ませていただくと、ちょっと極端な生活感を持っていらっしゃるように思います。私も一粒のコメ、一滴の水、一枚の紙も無駄にしない生活をしていますが、刺し身のツマなどは半分は残します。

思うことの第一は、「健康が一番大事である」ということです。栄養過多になり、肥満体になることを何よりも恐れています。でぶになると、多くの病気が襲いかかってきます。私の経験では貧乏よりも、病気のほうがはるかに恐ろしいことです。ケチはしたないことではありませんが、極端な物の考え方は精神的な病を招く恐れがあります。私は先天性蓄膿症《ちくのうしょう》で鼻で息ができないうえに、五十歳すぎてさらに、強迫神経症を患い、心身ともに病人として生きています。これは苦しいですよ。

もっとおおらかな気持ちに切り替える方法は、というお尋ねですが、私の考えでは、自分よりも金銭的、精神的、身体的にもっと困っている人を助ける仕事・活動をすることです。ただし、あなたの場合は極端な物の考え方をする人なので、無理をしてはいけません。無理をすれば、かならず自己解体・自己破滅してしまいます。私の場合は、発端は会社を解雇されたことでした。十年余《よ》り前のことです。いまは八割は治りましたが、医者によればこれ以上快くなった例は過去にないそうです。ために、嫁はんに苦しい思いを強いてきました。

「好き」という感情がわからない

相談者　女子学生　20歳

20歳の女子学生です。

私の悩みは、みんなが恋愛において思う「好き」という感情がどういうものなのか、実感としてわからない、ということです。私はそれをわかりたいと思っています。

私の人生には今まで、奇特な男性が3人ほどいました。その男性たちに告白されて、いわゆる男女交際というものはしたことがあります。でも、どこか「2人で遊ぶのが嫌ではない」ぐらいの気持ちでいたせいか、結局長くは続きませんでした。

この3回の破局の経験から、どうやら自分は、恋愛でいう「好き」という気持ちがわかっていないのではないか、ということに気付いたのです。

私はアニメやゲームや漫画を好むオタク女子ですが、それが原因かというと、どうもそうではないように思います。

現実の世界より、2次元の世界に生きる方々のほうを愛してはいます。でも、その方々に対しては、視界に入ると一日中楽しいけれど、お話はできなくてもいい、という感覚です。「キスしたい」とか、そういった種類のものではないのです。もしそうならば、「現実に誰かを好きになれなくてもいいや！」と思い切れるのですが……。

「好き」がわからなくても生活に困ることはないとは理解していますが、ふとした拍子に思考に浮上します。この悩み、どう対処すればいいでしょうか。

回答

プラトニック・ラブもいいもの

私は播州の田舎の農家に生まれ育ちました。高校生になると男女交際ということが始まり、それを横から見ていて、生活力もないのに滑稽《こっけい》なことだと思うていました。腹の中では「阿呆《あほう》めッ」と考えていました。のちに大学生として東京へ出てきたあとも、男女交際には何の関心も持ちませんでした。

一度、同じ組の女性の母親からレストランに呼び出され、いずれうちの娘を嫁にもらって欲しいと言われ、非常に驚きました。家にも二度ほど招かれ、母親と娘の手料理をごちそうになりました。娘は日本航空のスチュワーデスになりました。のち、どこかへ嫁に行き、母親になったようです。私が作家として認められ、新聞・テレビで報道されると、手紙が出版社気付で届きました。喜んで下さったようです。ともにもう四十七歳でした。

私は学校を出たあと、四人の女に結婚を申し込みました。一人暮らしを寂しいと感じ、初めて女を恋しいと思うたからです。いずれも断られました。女は貧乏人と結婚する気はないのです。私は貧乏が一番よいと考え、そう生きてきました。

「好き」という感情は、端的に言えば男女ともに相手とまぐわい（性交）をしたいということです。あなたの場合はまだまぐわいをしたいとは願わないということです。いずれ願うようになる可能性は高いとは思いますが、一生願わなくても何も困りません。私はいまではプラトニック・ラブのほうがよい、と思うています。

いまの若い人は、パソコンの発達によって「仮想現実」を「現実」と混同して生きています。あなたはそうではないですか。現実を見つめることはつらいことですよ。もしあなたが、楽をして、いい目を見たい人なら、苦しい後半生が待っています。私は六十五年間、それを多く見てきました。人の現実（いずれ死ぬ）を直視する以外に、人には救いはありません。お釈迦《しやか》さまはそう諭《さと》されました。

あなたはまだ若い人なので、多くの可能性があります。あれもこれもと願わず、一つの可能性を選んで、その一つの道をこつこつと生きていくのが一番よいと思います。またなるだけ黙って生きていくのが良いと思います。私はおしゃべりな男なので、特にそう思います。口の軽い男には三文の値打ちもない、と昔から言われています。

80近い夫がまた悪い癖を

相談者　主婦　74歳

2人暮らしで、私74歳、夫は数歳年上。子ども2人は独立、孫5人、ひ孫4人です。

曲折ばかり、荒れ狂うかの人生を生きて老境に入り、このまま静かにこの世を去ると思ってきました。が、心の平穏を保てないことが起こりました。10人ほどが参加する高齢者の集いで、半年ほど前から、仲間の一女性が夫のことを頻繁に聞き、興味を示しています。まさかこんな高齢でと思い、もっぱら観察、静観してきました。

どうやら夫のほうが熱心らしく、時には人に隠れて抱き合ったりしています。私の今までの来し方を思うとき、夫の浮気で苦しんだ日々ばかりと言っても過言ではなく、この浮気癖は性格そのものです。

　でも80歳も間近になってまたかと思うとガックリです。相手は私より5歳も年上の79歳。もちろん夫ある身で、目と鼻の先の近所です。こびを含んだ目や口元で夫と接しているのを見ていると、吐き気を覚えます。この人の夫は夢想だにしないでしょう、自分の妻の裏の姿を。

　私は、世間から笑われることだけは絶対に避けたいのです。世間体を取り繕わなければなりません。夫に対してどんな態度で接すれば良いのか、心の持ちようを教えて下さい。夫は健康で私が病弱。夫婦関係は20年あまりなく、考えただけでゾっとします。女らしく色気を出してなんて言わないで下さいね。

回答

浮気男の性根は一生直りません

あなたさまのご相談を読ませていただいて、まず気になったことがあります。「世間から笑われることだけは絶対に避けたいのです」「世間体を取り繕わなければなりません」。つまり、あなたは虚栄心の強い人です。世間の人から笑われたくないと、自分の体面ばかりを気にしています。

だから、あなたの夫はそこにつけ込んで、浮気を繰り返してきたのです。責任の半分はあなたにあります。こんなことを私が申せば、たぶんあなたは驚かれるでしょう。不快感を抱かれるでしょう。でも、これは本当のことです。まず反省すべきはあなたです。

自分の世間体など捨ててしまえばよいのです。恥をかいて、醜態をさらせばいいのです。道の真ん中で、夫とその女に怒鳴り散らせばよいのです。泣きわめけばよいのです。そして近所の人たちに事実を知ってもらえばよいのです。その女の家へ怒鳴り込んでいき、女の夫にも知ってもらえばよいのです。そうすれば気が楽になりますよ。しかし多くの女は虚栄心が強いので、それが出来ません。

うちの嫁はんも同様の女なので、私の醜態や問題発言を、朝日新聞のこの「悩みのるつぼ」に投書すると言うています。載るのが待ち遠しいことです。ところが自分の醜態や問題発言は、棚に上げています。大したものです。

が、それはそれとして、浮気の好きな男の性根《しょうね》は一生直りません。浮気の好きな女もそうです。そういう男、女を私は何人も見てきました。されば、あとは一日も早く、夫またはあなたが死ぬのを待つしか、手段はありません。夫を殺してあなたも自殺することが考えられますが、あなたの子・孫・ひ孫・その他に大きな迷惑が及びます。恐ろしいことです。だから、私はお勧めは出来ません。

世の中を横から見ていると、浮気の好きな男、女はたいてい、長生きをします。性欲が強いからです。生命力が強いのです。これが良いのか悪いのか、誰にも判定は出来ません。多くの男、女は長生きをしたいのです。私の知る限り、一日も早く死にたいと言うているのは、私一人です。私は死の日が来るのが楽しみですが、うちの嫁はんは三日に一度は「くうちゃん、長生きしてね」と言うています。「くうちゃん」とは、私のことです。私は死ぬまで、お金を稼がなければなりません。

愛猫をひき殺された恨みを

相談者　主婦　50代

50代の主婦です。

私がいちばんかわいがっていた猫が、自宅の真ん前にある駐車場で交通事故に遭いました。車にバックでひかれて亡くなったのです。

あれからもう6カ月がたつというのに、いまだ忘れられません。彼女はしぐさも行動も、私の子供とまるでそっくりで、娘のようにかわいがっていました。娘のような存在でした。

ひいた相手は近所の人です。だから毎朝、出勤するのも、帰宅するのも、窓から見えます。その姿を見ると、憎くて、悔しくてたまりません。相手は車も買い替えました。それがこちらの感情を逆なでしました。

毎日、恨みが頭をもたげ、募り、私の顔もきっと、相手を見るときは鬼のようになっていると思います。願うならば、どうか元に戻してほしいと思います。そう相手に言いたいです。

もちろん相手も、ひこうと思ってひいたわけじゃない、ということはよくわかっています。でも、相手を恨む気持ち、覚えておけ！という気持ちがいっこうに自分の中で治まりません。

毎日相手を見なくなれば、すこしは心が楽になるのでしょうか。でも、ここに住んでいる限り、現実問題としてそうもできません。

こういうときにはどのように心をコントロールし、どう考えればいいのでしょう。私に助言をいただけませんか。

回答

「人を恨むは蜜の味」と思います

人の本質は阿呆《あほう》です。中には「自分は偉い」と信じている、大阿呆もいますが。そこからいろいろな苦悩がわいて来るのです。お金が欲しいとか、長生きしたいとか、です。

可愛がっていたネコが交通事故に遭い、死亡したことは大変お気の毒に思いますが、死んだものは二度と生き返ってきません。お釈迦さまの教えには「輪廻転生《りんねてんしょう》」という思想があって、またかならず生き返って来ると言われています。しかし、生き返ってきても再会できるかどうかはわかりません。再会できても、たがいに相手を識別することはできません。

この世に生あるものは、かならず死にます。それを覚悟することが、人生では一番大事なことです。人は他の生き物の命を奪って生きています。動物・植物の命を殺して生きています。罪深いことです。直接殺さないでも、他人に殺させて食うています。私もうちの嫁はんも、あなたもそうです。だから、人の本質は鬼です。あなたは自分では鬼ではないと信じていらっしゃるようですが、そこをまず、よくよく考えていただきたいと私は思います。

愛猫をひき殺した人を恨む気持ちはよく分かりますが、他人を深く恨めば恨むほど、あなたはより不幸な気持ちを味わわねばなりません。あなたが終生、その人を許せないとしたら、それでよいのです。ですが、もし恨んで恨んで、恨み殺せば、その人は地獄へ行きますが、あなたも地獄へ行くでしょう。人を恨むは蜜の味、と私は信じています。

何度も申しますが、人は他の生き物を殺し、それを食うて生きています。あなたもそうやって生きてきました。罪深い人間のうちの一人です。人はまず一番に、自分の罪を知らなければなりません。知れば、そこから少しずつ贖罪《しょくざい》の気持ちがわいてくるでしょう。私はその贖罪の気持ちだけで生きて来ました。そして、人が犯さざるを得ない罪の中で、最大の罪は他の生き物を殺して、食わざるを得ないことです。この罪から逃れる途は自殺しかありません。私はその勇気もないので、おめおめと生きて来ました。もう二度と人間には生まれてきたくはありません。親の因果が子に報う、とも言います。猫をひき殺した人の家へ行って、わんわん泣けばよいのです。

同僚女性がむかつきます

相談者　会社員　48歳

48歳の女性です。

1年半前に入社した32歳女性と狭い事務室で長い時間を過ごしますが、嫌でたまりません。

初めは私に取り入ろうと白々しいおべんちゃらを並べたてていました。でも、注意力散漫で聞き間違いが多く、同じミスが多い。そのくせ自信過剰で目立ちたがり屋で、恥じらいや謙虚さがない。業務である総務や経理はろくにこなせないのに、得意なパソコンを最大限にアピールします。職務で不要な知識まで見せつけるのです。

自分の立場が偉いかのように振る舞い、その上「自分は人格者で、（私みたいな）不純で意地悪な人間がいるなんて知らなかった」などという嫌みを聞こえよがしに言います。

欲望が強く、出張にも行きたい、外出もしたい。あらゆるものを獲物と見ているようで、「あの人がタイプ」とか言う肉食系です。今は私にあからさまに盾突く態度を取り、私の仲良しの同僚に近づいています。

生意気でずうずうしい彼女とどう付き合えばいいでしょう？　性格も職務にそぐわず、不注意によるミスが多いので、今の部署からは外れるべきだと認識します。この感想を彼女に話せばいいのかも知れません。でも私もかたくなで、もう気持ちは切れているので、毎日むかつきながら向かい合わせに座っているだけです。どう彼女に接したらいいのでしょうか……。

回答

気晴らしに私は山で歌いました

人はみな人間関係で悩みます。ために会社を退職したり、離婚したりする人もいます。

私は少年時代に、播磨《はりま》灘《なだ》の無人島・鞍掛島《くらかけじま》へ行ったことがあります。洞窟《どうくつ》があって、中を覗《のぞ》くと火が見えました。中老の男の人が火を燃やして、鍋で食事を煮ていました。この人は本土の人だったのだそうですが、人間関係が嫌になって、孤島で一人暮らしをしているのだと言うていました。月に一度ほど、近くの有人島の人が、野菜その他、必要最小限度のものを小舟で運んで来てくれるのだそうです。毎日、魚釣りをするのだとも。すがすがしい表情の人でした。私はその人の顔を、いまでもはっきりと覚えています。

これは極端な場合かもしれませんが、究極的には、こうする以外に途《みち》はありません。あなたの場合は、嫌なことは嫌だとはっきり言う以外に、手立てがありません。まず、上司に相談し、その上で三人で会食でもして話し合うことが大事です。でも恐らく解決しないでしょう。事態は悪くなるでしょう。人の性格は変えられません。あなたのかたくなさも死ぬまで続くでしょう。私の貧乏が好きという物の考え方も、変えられません。

されば退職して、別の仕事を探す以外に方法はありません。退職することは敗北ではありません。最近は就職難だと言われていますが。でも、困難なことですが、それ以外に途はありません。人間世界には楽な途はありません。徳川家康は「人生は重き荷を背負いて、遠き道を行くがごとし」と言うています。私はいま六十五歳ですが、まったくその通りです。五十三歳まで、職を転々としてきました。いつも、より困難な途を求めて。そうすると、必ず助けて下さる方が現れました。人間世界はそうなっています。悪人より善人のほうが多く、楽な途を求めれば必ず転んで痛い目を見ます。私はそれを多く見てきました。だから悲観なさることはありません。

次に、気晴らしということをお考えになったらどうでしょうか。私は山の中で歌を歌います。誰にもとがめられません。阿呆《あほう》な老人がいると、笑われるだけです。この世は阿呆になることが一番です。気が楽になりますよ。この夏も、青森県の山の中で、小学校で習った唱歌を歌ってきました。独りで。気が晴れ晴れとしました。私は「うれしいひなまつり」という歌が好きです。

万引きしたくなります

相談者　主婦　58歳

58歳の主婦です。いつも罪悪感にさいなまれています。買い物に行くたび、万引きしたくなるのです。

細かい物や可愛い物が所狭しと置いてある雑貨店とか、人もまばらなスーパーのお菓子売り場とかでです。決して今欲しいものではなく、経済的に困っているわけでもありません。

子どもの頃、文房具屋で集団で消しゴムを万引きしたことがあります。その時は悪意もなく親にも話しませんでした。

今は子どもが巣立った後の夫婦2人の生活で、お金と時間はたっぷり余裕があります。万引きGメンに捕まった主婦がモザイクのむこうで泣いて謝っている場面がテレビで映し出されるとドキドキします。この人も私と同じ気持ちだったのか、と同情します。私がまだ犯行に至っていないのはギリギリで理性が勝ち、家族の顔を思い浮かべるからです。可愛い孫もいます。でもまた買い物に行くたび、そんな衝動に駆られて参ってしまいます。わが子2人もお陰さまで非行に走らず、警察にも厄介にならず、社会人になりました。夫には私のこんな悩みなどとても相談出来ません。

今の心情を話すと、毎日なぜか寂しく張り合いがなく食欲もないです。これが第一の要因でしょうか。万引きは「心の病気」と聞いたことがあります。なにか助言をいただきたいと思って書きました。

回答

「心の病」の原因をまず突き止めて

昭和二十年代後半の私の子ども時代には、道ばたにゴザを敷いて、台所用品などを売っている人がいました。田舎のことです。近所の男の子と一緒に、その前にしゃがんで商品を見ていると、男の子が突然、「あれッ、あれ何やッ」と叫んで、駆け出しました。私は驚き、あとを追っていきました。男の子はにやりと笑って、手のひらを開きました。学校の工作の授業などで使う、折り畳みナイフがありました。つまり万引きをしたのです。スリルを味わいたかったのでしょう。私はびっくりしましたが、私が身近に万引きを経験したのは、一度きりです。

大人の万引きは「心の病気」である場合が、圧倒的に多いようです。一度うまく行くと、何度でもします。犯人は女のほうが多いようです。私は十年余り、東京の百貨店に勤めていましたが、会社では万引き対策に頭を悩ませていました。マネキン人形が着ている高価な洋服と、自分の粗末な服とを取りかえていく女もいました。自分の汚れた下着まで人形に着せているのです。深く驚きました。もちろん、警備員はたくさん雇ってあって常に巡回していますが。ある有名人の妻が何度も捕まって、新聞ダネになった場合もあります。

「毎日なぜか寂しく張り合いがなく食欲もない」というのは、精神的な不調の特徴です。私も経験がありますから、よくわかります。私の場合はあなたさまよりはるかにひどい症状でした。あなたはまだ万引きを思いとどまれるのですから、症状は軽く、早く対処することでかなり治ると思われます。お金にも困ってはいらっしゃらないのですから、大丈夫ですよ。しかるべき専門医に相談し、診察を受け、心の病の原因を、早く突き止めたらよいと思います。

私の強迫神経症・神経性胃潰瘍《かいよう》を治療して下さったお医者さまの話ですと、

一度深く病んでしまうと、回復するのがなかなか難しくなります。私は三年ぐらいの病院通いで七割、快くなりましたが、嫁《よ》はんには深い不安と、苦悩を味わわせました。

病院からの帰りには必ず途中下車して、二人でお酒を呑《の》みました。二人とも酒が好きで、これも効き目があったと思います。早起きして散歩なさるとか、塗り絵に色をつけるとか、折り紙を折るとか、すぐ出来る気晴らしをなさるのもいいのではないでしょうか。

小説が書きたいです

相談者　年金生活者　71歳

わたくしは71歳、わずかな年金を頂いて感謝しつつ暮らしています。が、あれもこれも知りたい病で困っています。

起きてまず新聞を読みます。出かけることも多く、新聞が読めない日がとてもつらい。車谷長吉さまの欄は絶対読みますし、「婦人公論」に載った奥様のエッセイは何度も読みました。考えておられることがよく分かるような気がしています。

友人と詩を書き、年に1度は同人誌として発行しています。本当は小説を書きたいのですが、2年前に看護師の仕事も終えて、俳句、お茶、ウォーキング、老人会と役目が増えてしまいました。健康でなければ小説は書けないと思うので、早朝ウォークは毎日やります。

年を取るほどに物事に興味がわいてきてしまうのは病気の一種でしょうか。子供の図鑑などもらって来て眺めたりしていますと、あっという間に時間がなくなります。秋の大学公開講座も聴きに行きます。ボードレールと詩の中の生き様という題で、「悪の華」の一節が朗読され、深い感銘を受けました。また、縄文文化や宇宙、動植物など興味はつきません。

でも本当にしたいのは、小説を書くことです。同居人は、もうすぐ50歳に手の届く娘（派遣社員）1人ですが、私をそそのかすばかりで何も言いません。もう少し年を取れば書けるようになるでしょうか。

回答

善人には小説は書けません

人の頭脳は四種類に分けられます。頭のいい人、頭の悪い人、頭の強い人、頭の弱い人。

この中で絶対に小説を書くことができないのは「頭のいい人」です。ほかの三種類には書くことができ、一番向いているのは「頭の強い人」です。

人には真、善、美、偽、悪、醜の六つの要素が備わっています。頭のいい人は偽、悪、醜について考えていると、頭が痛くなってしまうのです。だから眠ってしまうほかに、頭痛から解放される途《みち》はありません。

その典型的な例は、哲学者の和辻哲郎、民俗学者の柳田國男などです。この二人は私と同じ播州の出身ですが、ともに作家になることを目指して東京に出てきました。が、なれなかったので、別の途へ進んだのです。

和辻は夏目漱石に、柳田は島崎藤村に自分の小説原稿の指導を受けていましたが、駄目でした。ともに死後出版された全集に小説が収録されています。和辻は六十四歳まで小説を書き続け、大学の同窓生の岩波茂雄に頼んで、岩波書店発行の雑誌には載せてもらいましたが、単行本は出してもらえませんでした。

これは善人には小説原稿は書けない、ということです。私などは「悪人・車谷」と指弾され、「殺してやるッ」と脅迫されたこともあります。だから家から外へ出かけるときは、基本的に防弾チョッキを身につけています。警視庁の巡査に相談して求めた高価なもので、刃物も通しません。

私の田舎の母親は親類の男に「あんたの伜に悪う書かれた」と言うて棒で殴られ、半殺しの目にあわされました。病院へ約二カ月間、入院しました。いま八十五歳ですが、田んぼ仕事をしています。元はといえば、私が悪いのです。だから、小説を書くにはある程度覚悟がいります。

小説ではまず作品の材料を書き並べ、その奥底にあるものをつかみ出す方法の確立、つまり「虚」によって「実」を破るのが文学です。「虚」とは「嘘」です。そうすることで主題（テーマ）が見えてくるのです。私などは「嘘つき車谷」と言われています。

最後に、あなたの場合はあれもこれもと願い、多くのことに手を出されています。趣味ならいいですが、作家になるには書くこと以外のすべてを捨てる必要があります。これは絶対必要条件です。それは苦痛を伴いますが、苦痛を感じれば人は真剣になります。心に血がにじむからです。

口汚い妻にうんざりです

相談者　無職男性　60代

妻も私も70歳手前です。独立した子どもが3人います。結婚前、妻を口数が少ない理知的な女性に思い、結婚を決意しました。ところが結婚後、性格がひどく強く、妥協を知らない頑固な人間だとわかりました。これは直しておかなければと、私は何度も注意しましたが、一向に改まりません。やがて長女が生まれました。子どもに対しては模範的な母ですが私とは衝突するばかりで、私は離婚に同意しました。長女は私が引き取りました。可愛い娘ですから、口では離婚といっても必ず戻ってくるはずと私は読んでいたのです。ところが、いざ妻がいなくなると、自分のわがままでこうなるのだと思った私は長女がかわいそうになり、反省しました。その結果、2人は復縁しました。

その後、さらに2人の子に恵まれましたが、その間も私は妻の頑固と口汚いののしりに悩まされました。でも、子どもが独立するまでと耐えました。

いまは妻と2人きりの生活ですが、もう10年以上家庭内別居をしています。

それでも時々私の住む1階に下りてきて相変わらず口汚く私をののしります。

あまりにもひどいので殺したくなるときもあります。一般に家庭内暴力（DV）は女性が被害者とされていたようですが、私のような男もいます。今後このような妻とはどのように婚姻生活を続けていけばいいのでしょうか。

回答

人形を抱いて寝られますか

私の知人で離婚した人はいません。家庭内別居をしている人もいません。うちの嫁はんと私も仲良く暮らしています。一度も嫁はんにののしられたことがありません。だからご相談の回答文を書くことに、あるためらいを感じます。

人の持って生まれてきた性格は変えられません。あなたさまの妻の、性格が強く、妥協することを知らない、頑固な性格も変えられません。お子さんは三人とも独立されたのですから、私は離婚なさっても、かまわないと思います。

私の知人で家庭裁判所の離婚調停委員をしている女性があります。この人は可能な限り、離婚をしないように説得するのだと言うていますが。人生は一度きりのことです。楽しくもなく、平穏でもない日々を過ごしても、何の価値もないと思います。ただ離婚なされば、そのあとは淋《さび》しくなりますよ。その孤独感にどう耐えていくか、よく考えた上で、ご決断なさる必要があります。

私が結婚したのは四十八歳の秋でした。それまでは毎日毎晩、淋しく、夜は木目込み人形を抱いて寝ていました。陶器で出来ています。背の高さは五十センチほどです。アパートの独り暮らしでしたから、知人が訪ねて来ると、驚いていました。夏目漱石「三四郎」に出てくる美禰子《みねこ》という名前をつけていました。

それからいい意味での、気晴らしをお考えになるのがよいと思います。私たち夫婦は六十歳のとき、ピースボートに乗って世界一周旅行に行きました。さほど費用はかかりませんでした。その三年後には、四国四十八カ所巡礼に行き、三カ月間ほど「歩き遍路」をしました。人によって体力の差はありますが、自動車、電車などは基本的に利用しませんでした。すると心身ともにすごく快適になりました。

また私の個人的な考えですが、離婚なさったら、奈良盆地を歩かれるとよいと思います。法隆寺のようなお寺だけでなく、田んぼの畦《あぜ》道で休憩したり、おにぎりを食べたりなさると楽しいですよ。私はよくそうしました。

また般若心経を墨と筆で写経なさるとか。私は仏教徒ですから、よくそうします。仏教の経典をやさしく解説した本もずいぶん読みました。そうすると、心が静まるのです。お釈迦さまには深く感謝しております。心が静まると、人は安心します。

酒の適量がわかりません

相談者　会社員女性　30代

車谷さんの小説を愛読しています。生活用品をつくるメーカーに勤める、30代後半の既婚女性です。

私はお酒が大好きです。友達とわいわい飲むのが好きで、決して愚痴癖があるとか、泣き上戸とかではありません。ただ、「適量」がわからないのです。

全く酔っていないと思っても、ある瞬間から突然記憶をなくすことも多く、いつごろが「適度な酔い方」なのか見当がつきません。酔わないとつまらないから、ある程度飲み続けるのですが、気がつくと覚えていないことが多いのです。

学生時代、初めて記憶をなくしたときは、時計の針を19時過ぎに見たのは覚えていて、次に気づいたら家で寝ていて、その間の出来事は記憶から消えていました。後日、同席した友人に尋ねても「うるさかっただけ」といわれ、重大な事件もなく、単に記憶がなかったのでした。

無口であまり怒らない夫は、「飲み過ぎちゃだめだよ」とは言いますが、私が大失敗をしたわけでもないので、強くは言いません。ある程度そこでストレスを発散するのを歓迎しているようでもあります。

ただ、いつか取り返しのつかない大失態を演じそうでこわくてしかたありません。

車谷さんはお酒を飲まれますか。お酒の大失敗はありますか。適量を知るには、訓練が必要ですか。

回答

大失態で初めてわかるでしょう

私は酒は強い方ですが、あなたさまと同様に、酔いつぶれることが半年に一度ほどあります。その酔いつぶれている間のことは完全に記憶を失っております。だから、うちの嫁はんは困っております。

私の父はまったく呑《の》めない人でした。母は酒に強い人なので、私は体質が母に似たのです。私の嫁は私以上に酒が強く、結婚後、一度も酔った姿は見たことがありません。

酒の失敗としては、大酔いしてタクシーのドアから転げ落ちて大けがをし、二人の警察官に両脇を抱えられて帰宅したことが二度ほどあります。嫁はんは私が逮捕されたと驚き、心配したようです。

「取り返しのつかない大失態を演じそうでこわくてしかたありません」とあ

ります が、多分そうなると思います。大失態をやらかして、恥をかいて痛い目を見れば、あなたは初めて自分の呑める適量が身にしむと思われます。酒の適量は周りの人に測ってもらうのが一番よく、自分では測れません。周りの人に止めてもらうように、呑み始める前にお願いするのです。

酒はストレス解消には、よい方法だと思います。酔って眠ると、翌朝すっきりしています。ただ、大酒の場合は別で、二日酔いの頭痛が待っていて、夕刻まで続きますが。

私はいつも午後八時になると、床に入ります。朝五時半には起床します。畳の上に座布団を敷いて、ぼんやり窓の明かりを眺めています。七時になると嫁はんが起きてくるので、いっしょに朝飯を食べます。新聞を読んだあと、また横になります。

今度は眠らずに、じっと物思いにふけっています。古里の母親や弟のことなど考えていると、心が休まります。私も母親も仏教徒ですが、弟はキリスト教徒です。仏さまも神さまも、ともに心の支えになって下さいます。

私は六十歳を過ぎてから時々、物忘れや記憶違いをするようになり、前回もこの欄で「四国八十八カ所巡礼」と書くべきところを「四国四十八カ所巡礼」と書いてしまいました。私が書いた小説『赤目四十八瀧心中未遂』という作品と取り違えたのです。高齢になれば、こういうことがよく起こります。うちの嫁はんも同様です。年はとりたくはありませんが、酒の醜態を防ぐこととは違って、これを回避する手段はありません。

一心に人を愛したいと思い

相談者　会社員女性　45歳

長年親子関係で悩んできた45歳の女性です。16歳で、列車で30分かかる高校の近くに下宿するため家を出て、大学に進み、就職もその地でしました。一人で何回となく海外旅行をしています。お盆や正月に家にいるのがいやなのです。久しぶりに年老いた両親と過ごすと、2人がどの国で出会った人よりも「遠い人」に感じられます。愛情や他の人には感じられる温かさを感じません。

海外では、親が死んだり、家族に追い詰められたり、何を言っても家族が聞いてくれなかったりという夢をよく見ました。凍るような冷たさも感じます。

両親との関係がうまくいかなかったので、他者との関係もうまく築けません。人を信じるのが難しいようです。いまはもう40代も半ば、子どもを生んで自分の家族をつくることは難しく、結婚すら望み薄です。

苦しんできたこの四十数年、一心に「人を愛したい」と思ってきました。人を愛し、その愛が受け入れられ、そして自らも人に愛される。親から愛された記憶はないのに、私は自分の中に他者への愛情があふれているように感じます。しかし、受け入れてくれる人がいません。

体の弱ってきた両親は今後私を頼りにしたいと言います。車谷先生、家族に押しつぶされそうな人生をそのまま肯定するべきでしょうか。それとも、家族を捨ててもいいですか。

回答

自分を犠牲にすれば人を愛せます

私は「愛する」ことの本質には「自分を犠牲にする」ことが含まれていると思います。

その代表的なものが、親の子に対する愛だと思いますが、あなたさまの場合は「親から愛された記憶はない」とのこと、両親に愛されずに育ったから、人を愛することの中身がよくわからないのではと推測します。

他者との関係がうまく築けないともおっしゃりますが、ただ同時に、「人を愛したい」「他者への愛情があふれている」とも感じておられます。ですので、少しでも自分を犠牲にする覚悟があれば、その分誰かを愛することは出来ます。人の幸福の第一は人から愛されること、第二は健康です。第三は必要最低限度のお金です。

あなたは「家族を捨ててもいいですか」と問うています。私は捨てても良いと考えます。人はみな「虫のいいこと」を欲します。あなたの両親の願いは、文面から判断するに、あまりにも「虫のいい」こと過ぎます。人の一生の最後には死が待っています。そこから逆に考えてみることが一番、大事です。「罪」を犯せば「罰」が待っています。自業自得という言葉もあります。あなたの親は孤独死しても仕方ないと私は思います。

私たち夫婦は私が四十八歳、嫁はんが四十九歳のときに結婚しました。結婚する以前は二人とも淋《さび》しい日々でした。「淋しい」というのは人間の苦悩の中で、もっとも困難なことのひとつです。今は淋しくはありませんが、あなたは淋しいと思います。実に気の毒なことです。

私は一年に一度、夏山へ登ります。また家の近くや川の土手道を散歩します。これは健康に良いのです。土手道でおにぎりを食べます。楽しいことです。あなたも必要なのは趣味を持つこと、また習い事をすることです。絵でも、書道でも、人形作りでも。そうすると趣味仲間が出来ますし、それ以上に発展する可能性もあります。

最後に申し上げたいのですが、金取り新興宗教に引っかからないようにしてください。私の母親は、私たち兄弟が身体障碍者《しょうがい》だったことから、心の迷いが深くなり、長い間引っかかっていました。お金を差し出して「うれしそうな」顔をするのです。つまり、阿呆《あほう》です。この十数年間はそういうところへ出入りしなくなって心身ともに健康になり、毎日畑で野菜作りの仕事をしています。

72さいの祖父に困っています

相談者　小学生女子　12さい

12さいの小学生です。

72さいの祖父が悩みの種です。戦時中に生まれた祖父は物をとても大事にします。

祖父が今乗っている車は23年前にかった国産車です。何度も故障しましたが、そのたびに修理しては使っています。

あちこちにかすりきずや修理したあとがあり、冷房はききません。また、後ろのドアは中から開けることができません。

こんな調子なので、昨年の夏も海に行く予定でしたが、安全面が心配で車で行くのをやめました。

そんなことがあっても祖父は「もったいない」と言って、その車をまだ使っています。見えっ張りな祖母にはそれがたえられません。

私は見た目はあまり気にしませんが、必要なときに使えないというのはどうかと思います。

私から見て祖父は「もったいない精神」が強すぎる人です。それが裏目にでてしまうことこそが「もったいない」のではないでしょうか。

「物持ちが良い」ことと「ケチなこと」の境目はどこにあるのでしょうか。

また、祖父は自分の考えをひとに押しつけます。

私は祖父が「もったいない」と感じられる心があるのは良いことだと思いますが、祖父の考えにいくつかの疑問があります。祖父のどこまでを学べば良いのでしょうか。

回答

おじいさんをとがめてはだめです

食物やその他のものを、大切にするのは、この世で一番よいことだと私は思います。

おじいさんは日本が外国と戦争をしていた時代にお生まれになりました。その時分は食べ物などきわめて少なく、多くの人は困っていました。腹ぺこだったのです。

私はその腹ぺこ時代に生まれ、その頃のことはまったく覚えていません。でも、私の父も母も毎日「もったいない」という言葉で、私たち子供をしかっていました。

みえっぱりなおばあさんは、おじいさんが「もったいない」と言って、ものを大事にするのを嫌がっていらっしゃるようですが、女の人はみえっぱりな人が多いのです。

これをやめさせることは、ほぼできません。

あなたはかしこい人だと思います。「もったいない精神」がしばしば裏目に出て、逆に「もったいない」ことになってしまうことはよくわかります。「物持ちが良い」ことと「ケチなこと」の境目は、自分より困っている人を助けてあげるかどうかです。ケチな人は自分より困っている人を助けてあげません。自分だけが良ければよい、と考えている人はケチな人です。

だから、おじいさんに、自分より困っている人たちを助けてあげるように、お話ししてみてはいかがでしょうか。実際にそうしてみると、まわりの人もご自分も、気が楽になりますよと言うて。

孫としてはなかなか言いにくいことですが、お父さんお母さんにも相談して、場合によってはご両親のどちらかとごいっしょに、お話ししてみたらいかがでしょうか。そうすればうまくいく可能性が高いと思います。あなた一人で話しても、おじいさんは孫はまだ一人前だと思っていらっしゃらず、うまくいかないかもしれません。あなたとしては、おじいさんの良いところだけを学べばよいのです。

それから、おじいさんとしては孫から甘えられるとうれしいと思います。いっしょに散歩したり、草花を育てたり、いっしょに歌をうたったり、れんげやタンポポなどで花束をつくっておくりものにしたりと、そういうことをすれば、おじいさんもきっとお喜びになられるでしょう。お年寄りは孫に親しくされるほどうれしいことはないのです。これが最高の喜びです。おばあさんも同じです。

だから、おじいさんやおばあさんをとがめたり、非難したりすることだけはやめましょう。

意味のないことはやりたくない

相談者　大学生　21歳

21歳の大学生です。

最近、今自分がやっていることの「意味」を考えてしまいます。「意味」とは、そのことをやることが自分自身の成長につながるのかどうか、です。

自分は将来なりたい職業が決まっていて、その職業に就いてどういうことがしたいかも考えています。それゆえ、自分の夢に関係のない事柄にはまったく興味がわかないし、やる気も起きません。「意味」を考える場面の例として、学校の勉強、人との関わりなどがあります。

勉強が嫌いなわけではなく、興味のある分野の勉強は積極的にしています。英語で書かれた教科書でも読みます。好きな分野の勉強であれば何時間やっても苦痛ではありません。

ただ学校の勉強はやる気になりません。単位を取らなければ大学を卒業できないと理解していても、取り組めず、いくつか単位を落としました。

人に対しても、自分にプラスの影響を与えてくれそうと思えれば積極的に関わろうとしますが、この人は自分に何ももたらしてくれないと感じると接触を避けてしまいます。

今すぐにでも大学を辞めて夢を追いたいです。でも、大学に3年間通わせてくれた親のことや、今の社会で働くには大卒の資格が重要なことを考えると、中途半端になってしまいます。この悩みを解決する方法はあるのでしょうか。

回答

より厳しい方へ自分を向かわせて

人には誰でも好き嫌い、興味のあることとないことがあります。このうち好きなこと、興味のあることだけをして生きていくことは出来ません。むしろ嫌いなこと、興味のないことをしなければならない時のほうが多いと思います。それは苦痛ですが、その苦痛に耐えることが人生の根幹にはあります。

また、自分の好きな人、興味のある人とだけ付き合って生きていくことも出来ません。これも反対の場合が圧倒的に多いと思われます。従ってあなたさまのお考えは、ひと言でいえば「わがまま」の一語に尽きます。まことに中途半端な生き方です。

だから発想を逆転させて、むしろ苦痛に耐えることを、自分の精神の柱にする必要があるかと思います。そうすると視界が開けてくると思います。私はそうしてきました。今ではそうしてきて、よかったと思っております。

人はみな「利害打算」の心で生きています。自分にとって快いことだけをしたがります。これが一番よくないことです。「自分にプラスの影響を与えてくれそうと思えれば積極的に関わろうとしますが、この人は自分に何ももたらしてくれないと感じると接触を避けてしまいます」というあなたは自分で自分を、より駄目な人になるように仕向けているのだと思います。

人はみな向上心を持っていますが、自分を向上させようという意志があれば、より苦しい方へ、より嫌いな方へ自分を追いやっていくと思います。楽を望めば、最後には「にがい思い」をなめなければなりません。これは当然の結果です。あなたは甘えん坊なのです。

また、この世の現実を直視すれば、大学卒業の資格がある方が有利に生きていけるのは言うまでもありません。

私は大卒の資格を持っていますが、三十歳のときから、基本的にその資格を捨てたところで生きてきました。これは母親に言われてそうしてきたのです。それを苦しいと思ったことはありません。だから、母には感謝しております。一番よいのは、自分で自分を崖の上から突き落とすことですが、そんな勇気のある人はいません。

もう一つ大事なのは究極の人生の目標をまず設定し、あとはその目標に向かって今日一日をどう生きるかだけを朝考えて、そのほかのことは考えないことです。明日あさってのことを考えていると、頭の中が夢物語・空想だらけになってしまいます。

「人生の目標」の立て方は？

相談者　主婦　46歳

46歳の主婦で、夫と子供がいます。

前回の車谷さんの回答に「大事なのは究極の人生の目標をまず設定し、あとはその目標に向かって今日一日をどう生きるかだけを考えて……」とありましたが、私には「人生の目標」がわかりません。

時折、「自分は何のために生かされているのだろう？」と問うのですが、いまだに答えが見つからないのです。

生活の苦しみも家族の介護もなく、子供にも恵まれ、他人からは何不自由ないと見えるでしょう。しかし、私自身はいつも、「生きがい」や「自分がしたいことや目標」を探し続けてきたけれども、「これだ」というものを見つけられていない気がします。「何のために生きているのだろう」と真剣に考えてしまうのです。

3人きょうだいの真ん中として、あまり認められずに育った（と自分で思っている）こと、家族に心をこめて料理をつくっても、テレビに夢中で味わってもらえずがっかりすること、思いやりが希薄になり、家族というより共同生活者と呼ぶ方がふさわしいと感じるような環境にいること、こうしたことの影響もあるかもしれません。

中年のいい年をしてお聞きするのは恥ずかしいのですが、どのように「人生の目標を設定」すればよろしいのでしょうか。ご指導願います。

回答

「人生の目標」中高年になくて当然

人生は毎日迷いの連続です。その迷いの段階で、必ずより困難な道のほうを選んでいけば、そこから新しい道が開けてきます。普通、人はより楽な道を選んでしまうので、迷いや落とし穴に落ちてしまうのです。

このたびの東日本大震災でも、多くの善人が現れ、人助けをしました。基本的には自分の利益を捨てることが何より大事です。つまり、今日一日、食うていくことが出来れば、それでよいのです。一瞬先のことは誰にも分かりません。私はそうして生きてきました。「生きがい」などいらないのです。自分より困っている人を助けてあげることが、一番大事なことです。

あなたも別に家族に感謝などしてもらわなくっても、構わないじゃないですか。自分以外の人のために尽くせば、必ずあなたはその人に感謝されます。

人の世はそうなっているのです。

私は、作家とか、この「悩みのるつぼ」の回答者に、なりたかったわけではありません。人に頼まれて、やむなくそうなっていました。作家になることは、私の「人生の究極の目標」ではありませんでした。

五月二十一日付のこの欄の回答に「人生の目標を設定すべきだ」と書いたのは、相談されたのがまだ何者にもなっていない、若い世代の方だったからです。「ピカソになりたい」とか「歌手になりたい」とか「専業主婦になりたい」といった目標があれば、一生懸命に歩めるだろうと思ったからです。

若い人は目標通りことが運ばずに、自分に嫌気がさすこともあるでしょう。しかし、若いときに一途に生きた記憶は、後になって自分を支えるでしょう。

中年や高年になれば、もう「人生の目標」がないのが当然です。あなたの場合は、自分一人で何かを楽しむことを見つけることが大事です。

私の場合は嫁はんと一緒か、独りで近所へ毎日、約四十分ほど散歩に行きます。これは健康にもよいし、気分も爽快になります。よほどの悪天候でない限り、そうします。

あとは本を読んだり、原稿を書いたりします。それから、庭の花や小木の世話をするのも好きです。

また、一年に一度か二度、自宅からそう遠くないところの川の土手を歩いたり、少し高い山に登ったりします。阿呆《あほう》がいると人に笑われています。この世は阿呆になることが一番楽な道です。

「老いる」素晴らしさはある？

相談者　女子高校生　16歳

私は16歳です。

いきなりですが、私は「老い」が怖いです。誕生日が来るのが怖いです。16歳の小娘が何をふざけたことを、とお思いになるかもしれません。でも、私は本当に悩んでいるのです。

高校生になって、はたと考えました。高校を卒業したら大学に行って、大学を卒業したら社会人として働き、クラス替えも卒業式も入学式もない、変わらない環境で一生のうちの半分以上をすごすのだろうか、と。

よく見ると、久しぶりに会った祖父や祖母、両親や近所の人たちも老いているではないですか。自分もそうなると考えると、長生きするより早く死にたいとまで考えてしまいます。

年を取ると兄妹はそれぞれ結婚し、家庭を持ち、私のことなど忘れてしまいます。そして、そのままこの世からいなくなってしまい、私はひとりぼっちになってしまうのではないでしょうか。

結婚すると言ってもしょせんは他人です。うまく行くわけがないような気がするのです。かといって孤独死は嫌です。

ある時、ご年配の方が「暇つぶし」といっていましたが、いつまでの暇つぶしなのだろう、と真剣に考えてしまいました。老いて、体がいうことをきかなくなり、お金も使う楽しみがなくなり……。こんなことばかり考えていると、悲しくなってくるので、どうか「老いる」ことの素晴らしさを教えて下さい。

回答

いろいろ経験をされるのがいいでしょう

上田正昭氏（京都大学名誉教授・古代史）が好んで使った言葉に、中国の「先憂後楽《せんゆうこうらく》」という語があります。若い間に苦労をすれば、老後になると楽な日々がある、と意訳して使われました。

あなたさまはまだ若いのですから、日々、より苦しい道を選んで生きていくのがいい、と私は思います。少なくとも私はそうしてきました。

ところが今は、楽になりすぎてかえって困っている老人たちも多いのです。つまり「暇つぶし」に困っているのです。私の場合は新聞を丁寧に読んだり、気に入った本を暗記するまで読んだりしています。別にそれが楽しいわけではありませんが。

辞書を丁寧に読んだりもします。大部分は忘れてしまいますが、自分のよく知っている言葉に、意外な意味が含まれているのに驚くことがあります。仏教語では「愛」には「欠乏」という意味が含まれています。また写経をしたりすることもあります。そうすると、心が静まります。

お金を使う楽しみがなくなれば、残ったお金は自分より困っている人のために使えばいいのです。私は結婚をしていますが、子はありません。嫁はんとおしゃべりを楽しむのが、ただ一つの楽しみです。私の弟は結婚せず、一人で自分より困っている人たちのために働いています。それが楽しみであるようです。下の妹は結婚していて、子育てを楽しんでおります。

冷酷なことを申せば、人の一生は生まれてきた瞬間から、死へ向かっての行進です。私は若いころからそう思ってきました。別に早く死にたいなどと考える必要はありません。

時の流れを止める方法はありません。とにかく自分から買ってでも苦労をすることが、何より大事です。それが後になって自分への肥やしになるからです。若いうちはいろいろ経験をされるのがいいでしょう。

若いころに出会った人のことを思い出したりするのも年を取ってからの楽しみになります。特に初恋の女性のことなど。「老いる」ことの最大の楽しみは、それです。

田舎の中学生だったころに簿記のつけ方を教えていただいた女性の先生から一年に一、二度、お電話をいただくことがありますが、それが待ち遠しいような気持ちになったり、長野市まで会いに行ったりもします。すると、先生も喜んでくださるのです。去年の秋も、そういう経験をしました。

同期に昔のいじめっ子が……

相談者　新入社員女性　22歳

この春、大学を卒業した22歳の新入社員の女性です。

就職した会社の同期に、小学校の同級生の女性がいました。彼女は当時複数の人を率いて私をいじめていた人物です。

「彼女だ」とわかった瞬間、雷に打たれたような衝撃に襲われましたが、「絶対に彼女より上に立てるように仕事を頑張ろう」と思いました。

しかし入社すると、彼女は大変優秀で上司の評判も高く、仕事もよく出来、同期の中でもひときわ輝いている存在です。対して要領の悪い私は彼女と全く正反対の立場にいます。

配属先が違い、普段かかわることがほぼないのですが、今の状況と昔いじめられていた状況がだぶってしまい、休みの日も「また彼女に負けるのか……」と悶々《もんもん》と考え込み、沈んでしまう日々です。彼女にとらわれていては良い仕事はできないと思いますが、何をするにも彼女のことが頭をよぎります。

何度か彼女と話をしましたが、気に入らない人への悪口やバカにした態度は昔と全く変わっていませんでした。ちなみに、彼女は私とクラスメートだったことを覚えていません。

仕事で彼女に勝とうと思っていましたが、あまりに彼女の出来が良いので（容姿もそうです）無理に思えてきて、なおさら落ち込んでしまいます。この日々から脱却するにはどうしたら良いのでしょうか。

回答

自分と他人を比べないで生きて

人にいじめられると悔しいので、記憶に残りますが、いじめた人のほうは、その場限りですから、記憶に残らないのかもしれません。

私も小学生のとき、いじめに遭いました。その子は勉強がよく出来、容姿も都会的な子でした。例えば私は、別の小学生をその子の家に呼ぶためのおとりに使われ、「きみはもう帰っていいよ」などと言われました。けれども私は頑として帰りませんでした。そのうちいじめっ子のほうも困惑してきました。このことは短編小説に書きました。

以下は書かなかったことですが、そのときぜったいにその子を見返してやる、と誓ったものです。その人は私のことは覚えていないでしょう。風のたよりに、その人は某会社の常務取締役として停年退職をし、じきにガンになって現在闘病中と聞きました。それを聞いたときに、私は長年のしこりがとけてゆく、というよりは悲しみがわき出てくるのを感じました。

若いときは私も他人と自分を比較して、彼は優、私は劣と思い、苦しみました。いまは他人と自分を比較することが一番よくないことだと思っています。比較をすれば、どうしても優劣がついてしまうのです。

しかし不幸にして自分が劣だと認めざるをえなくなったとき、それを明るく肯定することが大事です。そこから新しい道が開けてきます。劣には劣のよさがあるのです。負ければよいのです。それが嫌であれば、いまの職場を去るしか道はありません。でも、次の職場へ行っても同じことが待っているでしょう。だから、いまの職場で一生懸命に生きていく以外に、これという正しい途《みち》はありません。

私は人は阿呆《あほう》になるのが一番よいと思っております。美人でなければ、それはその通りだと認め、にこやかにしているのがいいと思います。そういう魅力的な女性の知人が私には何人もいます。もちろん美人に生まれれば、それに越したことはないのですが。同期の人のことが気に喰わなければ、なるべく離れて生活することにしましょう。

会社員として優秀な彼女と張り合うよりも、会社の外の世界に目を向けることも考えてはいかがですか。趣味の講座やスポーツクラブに通うとか、いくらもあります。それも自分を鍛えてくれる途です。私も会社員として働きながら、夜もろくに寝ずに最初の小説集を書き上げ、上梓《じょうし》しました。会社の日々だけがすべてではありません。

努力する意味が見つかりません

相談者　女子高校生　17歳

私は17歳の女子学生です。

最近、無気力で何をするのもおっくうで仕方ありません。こうなってしまったのには理由があります。

私の通っている高校は偏差値が低く、授業の内容が浅いため、勉強しなくても簡単に80点、90点が取れてしまいます。

最初は高得点を取れるのでうれしかったのですが、次第にやる気がなくなってきました。努力するということに意味を見いだせなくなったのです。

学校の成績がかなりよいために、大学にも推薦で行けそうです。3年間の高校生活の目標を自分なりに立てて頑張った時期もありましたが、勉強しなかった時期と比べ、結果はあまり変わりませんでした。このことから考えてみると、やってもやらなくてもあまり変わらないのなら、あまり努力しなくてもいい気がしてきます。

努力って一体、何なんですか？　今の世の中は努力しようがしまいが、結果を出した者勝ちだという気がするし、そんな中で人に知られず、コツコツ努力したって誰も評価してくれないし、無駄だと思います。

だけど、学校の先生や周りの友人は、私に努力することをしきりに勧めます。そういわれても、私には努力することの意味がわかりません。どうしたら、その意味がわかるようになるでしょうか。教えて下さい。いいアドバイスをお願いします。

回答

努力だけが喜びにつながる道です

無気力というのが、私にはよく理解できません。おっくうというのは怠けたいということです。怠けグセという言葉がありますが、そのうち本当に怠け者になってしまうと、なかなか立ち直れないかもしれません。

人生で一番大事なことは、学校を卒業したあとは、経済的、精神的に自立することです。私が就職が決まって自立できたときは両親もよろこんでくれました。私は貧乏人の倅《せがれ》ですが、親に無理を強いて、学費の高い私立大学に進学させてもらいました。私は何としても、ほかの人に頼らないで生きていきたかったのです。楽にやっていきたいというのが、一番良くないことです。

「結果を出した者勝ちだという気がするし、そんな中で人に知られず、コツコツ努力したって誰も評価してくれないし、無駄だと思います」と記してありますが、そんなことはありません。

誰も評価してくれなくても、コツコツ努力したおかげで自分の能力が向上しているのがわかれば、うれしいではありませんか。たとえば、英語力が身につけば、海外旅行に行ったときに助かりますよ。

また、「学校の先生や周りの友人は、私に努力することをしきりに勧めます」とあります。これは「良い生活」を得るためなのです。良い生活とは、裕福というよりは、精神的に満足できる生活です。そしてまた自分のしたいことができる生活です。満足のない生活なんて、つまらない生活です。悲しい生活です。

努力することは、良いことを得るただ一つの道です。勉強をする気がなければ、校内の部活動に精を出すとか、ボランティアで人助けをなさると良いと思います。アルバイトもいいでしょう。ただし、これは学校で禁止されていなければ、の話ですが。

私の知人の女性で、努力しないで、高望みばかりをくり返し、弟が新聞配達をしたり、ゴミを回収したりして得たお金を取り上げ、おいしいものを食べたり、美しい洋服を買ったりしていた人がいます。この人は六十歳になるいまでも健康でありながら、親に食べさせてもらっています。周りの者は、どうしてあげることもできません。

こういう人にはなりたくない、と思ったら、汗水たらして努力することです。努力することは、格好の悪いことでも、みっともないことでもありません。それは喜びにつながるものです。

中学受験の失敗が尾を引いて

相談者　女子中学生　10代

中学3年の女子です。

中学に入ってからというもの、何をやってもうまくいきません。運動部に入ったものの、ついて行けず退部、一生懸命勉強してもちっとも成績はあがりません。そもそもの原因は中学受験だと思うのです。

私は小学生時代、ある難関校A校に入るよう、親に言われて必死で勉強しました。でも、私にはひそかに憧れていたB校という学校がありました。

しかし、その学校は親の反対にあって、しかたなくあきらめました。B校への未練を残しながらも、A校に入ってほめられたい一心で勉強したのですが、不合格になりました。

そしてギリギリの前日に出願してようやく決まったのが今の学校です。A校ほどではありませんが、なかなかの進学校だったので、両親はとても喜びました。けれど私には未練があり、捨てきれない思いがありました。

もしあのとき、B校に行きたいともっとちゃんと言って、受けていたら……。もしそれで落ちたとしても、まだ納得できたと思うのです。

それからというもの、私は何をやってもうまくいきません。未練を残したままがんばったって、しょせんはダメだと思ってしまうのです。どうしたら私は心の底から前向きになり、中高生活を一生懸命送ることができるのでしょうか。

回答

味のある憂い顔の大人になって

この国に受験制度がある限り、あなたのような思いをする人は数限りなくいらっしゃるでしょうし、これからも生まれてくるでしょう。都市部では志望校の選択もいろいろありますから、なおさらでしょう。

実は私も田舎の高等学校入学試験に落ちて、進学校ではない学校に入学することになり、茫然自失《ぼうぜんじしつ》したことがあります。仕方がないので、毎日、自宅、学校でぼんやりしていました。たまに蝶《ちょう》採集に行ったりすることがありましたが、これは簡単に言えば、生き物を殺すことなので、一年ぐらいでやめました。

私の場合は選択肢がひとつしかありませんでしたので、あなたのような悩みではありませんでした。あなたの場合は、選択肢があったゆえの悩みともいえます。

人気のあるAくんに振られてしまったので、いまはまあのCくんと付き合っているけれど、そんなことしないで、憧れていたBくんに思い切って「好きです」と告げたかった、というような気分でしょうか。

すてきな大学生のDくんに出会うために、大学受験勉強をする気にはなりませんか。これから三年とちょっとですから、勉強する時間は足りなくはありません。

とアドバイスする自信はじつは私にはありません。私自身志望する大学に合格したものの、高校受験の失敗は長く私を苦しめました。私が落ちた高校の卒業生とは口をきくのもいやでした。そのために古里を捨て、農家の長男でしたが、弟に家督をゆずりました。

老齢になったこのごろ、ようやくこだわりが解けていったような気がします。私の母方の曽祖父のふだんからの口ぐせは、「人間が喜びを味わうのは、一生に一ぺんでええぞ」というものでした。そのほかはいつも、家の中で押し黙っていました。曽祖父の一生一度の喜びとは、総栂《つが》普請の家を建てたことでした。

曽祖父のことばがいまになって、私の胸にしみてきます。自分にとって、良いことばかりを私は願わないようになりました。そうかといって「しょせんはダメだ」と投げたことは一度もありません。

挫折をすることは大いに結構です。挫折しなさい、と勧めてもいいくらいです。勝利者街道まっしぐらの人の得意顔より、挫折を知って、苦しむ人の気持ちがわかる、少し憂い顔の人のほうが人間として味があります。味のある大人になってください。

自分を好きになりたい

相談者　女子高校生　16歳

高校2年生、16歳女子です。自分の全部が大嫌いです。

私の父は自尊心が強く、他人を見下し、自分の優越感を満たすことを好む人です。自分が正しいと思ったことは、必ず他人も同調させなければ気の済まない性格で、それがかなわなければ、怒りに我を失うほどです。

それは、生まれてから今日まで父を尊敬し信頼し、疑うことなく育ってきた私の精神にも深く刻み込まれました。

この性格を抑えることなく行動し、失った友情もあります。最近、過去の自分を省み、なんと愚かな発言をしたのかと毎日罪の意識に悩まされました。

それに気付いて以来、私は、流されることなく本来あるべき自分を確立できるように努めています。数少ない友人を尊重し、「ありがとう」「ごめんなさい」を常に心掛け、他人の意見を受け入れ、よい所を見つけるようにしています。

しかし、どうしても根底に残る醜い思いが消えないのです。

他の人より認められたい欲望が先走り、他人に対して自分の我を通してしまうことがあります。今まで性格は簡単に変えられると思ってきましたが、幾多の努力を重ねた今、本当に難しいものだと痛感しています。

他人を見下すことでしか自分を愛せないとしたら悲しすぎます。本当の意味で自分を好きになるには、どのような努力が必要でしょうか。

回答

自己嫌悪は自己愛の裏返しですよ

私が驚いたのは、「自分の全部が大嫌いです」という烈《はげ》しい言葉です。私には、はっきりした自己嫌悪の記憶がないのです。といっても自己愛の意識もありません。不快ではあっても私は私である以外になくて、これまでしょうがない、と思ってきました。

うちの嫁はんに聞いてみると、大学受験に失敗し、一年間自宅で貧乏な親のスネをかじって浪人していたときに、何か自分をみじめで、あさましいと思い、自己嫌悪におちいったことがあるのだそうです。一年後、運よく合格すると自己嫌悪は消えてしまったといいますから、嫁はんの場合は、みじめな自分でいることがいやだったのです。自己嫌悪は自己愛の裏返しともいえます。

私がアドバイスしたいのは、よい友だちを作る努力をしてください、ということです。あなたは「ありがとう」「ごめんなさい」という言葉をかならず使う礼儀正しい人のようですが、友だちのために自分の大切な本などを貸してあげてもいいとか、踏み込んでいますか。

もしも彼女たちのために、優れた家系の優れた自分が犠牲になるのはまっぴら、という気持ちがわずかでもあれば、それは友だちに伝わらないではいません。

友だちがどういう人柄であるかよく見きわめ、その人と同等の目線を持つことができるようになれば、自然によい友だちになれるでしょう。

よい友だちとは時に傷つけあったり、言いたいことを全部言ってしまったりしても修復できる相手です。そういう友だちがいたら、きっと肩の力が抜けて、自分を好きになれるかもしれません。

それから状況の変化が心境の変化をもたらすことはよくあります。

早い話、あなたに恋人が出来たとします。自分を大嫌いだと思っているあなたのことを、すてきだと恋する少年もいるかもしれません。そうしたら変わらざるを得ないでしょう。悲観なさることはありません。

人生にはさまざまなことがありますが、自分が阿呆《あほう》になることが一番、大事です。

これはなかなか納得してもらえないと思いますが、かなり気持ちが楽になります。

阿呆なこととは、たとえば詩や小説を書いてみるとか、流行のおしゃれやお化粧をして町の中を歩いてみるとかすることです。

友だちをさそって、さっそく繰り出してみませんか。

道はずれた弟が心配

相談者　女子高校生　18歳

18歳の高校生女子です。

私には2歳年下の弟がいます。弟は幼少期から周囲の大人たちに甘やかされて育てられたため、かなりわがままな人間に育ってしまいました。

自分の言い分を聞いてもらえなければ、すぐに周りに怒鳴り散らし、へ理屈を言いまくり、相手を追い込みます。

そんな弟を、両親はどうも半分あきらめているようです。

最近、弟は、どうやらインターネットの、ニートのような人たちが集まっている掲示板をよく見ているようです。そこは、著名人や特定の国の人や、学歴の低い人たちを批判するような場所であるらしく、自分は何ひとつ努力もせずに毎日を適当に過ごしているくせに、そういう人たちを馬鹿にする発言を繰り返しています。

私も、弟からしょっちゅう「死ね」とか「殺す」などと言われて、馬鹿にされており、毎日つらい思いで過ごしています。正直たまに弟を殺したくなる時があります。

今、受験生なので、県外の大学を受験し、絶対に家を離れようと思っています。しかし、それまで私がこのような弟に耐えきれるかどうか不安です。

こんな私は、自分自身の気持ちをどう保っていればいいのでしょうか、また、どうしたら弟はまともな人間になってくれるのでしょうか。アドバイスを下さい。

回答

「少しずつ」ということが大事です

最近は事あるごとにいらいらして、すぐにパニックになる人が多いようです。

先日も、私が歩道を歩いていて、洟《はな》をかむために立ち止まったところ、後ろから来てぶつかりそうになった自転車の若い男の人に「死ねッ」と罵声を浴びせかけられました。つい私ももっと大きな声で言い返してやりました。

あなたの弟さんも実際に「死ね」とか「殺す」とかといった気持ちはもっていないと思いますが、その凶暴さはさぞ息苦しいことと思われます。

欲しい玩具をいつも手に入れてきた子どもが、成長するに従い、欲しいものが玩具ではなくなり、しかし周囲の人もそれを与えてあげられなくなったとき、頭は大人で心は子どもの人は、周囲を困らせる人間になります。

弟さんは幼少期から、かなり甘やかされて育てられた方なのだそうですが、それはご両親の罪だと思います。私も祖母に甘やかされて育ち、かなり我がままな人間になってしまい、なんとか自分を立て直したいと考え、田舎から東京に出てきました。

そのきっかけは、学校の図書館で夏目漱石の「こゝろ」という小説を読んだことでした。したがってあなたにも弟さんにもお薦めいたします。それである程度自分を立て直すことができました。あなたはゆくゆくは県外の大学へ、とお考えなのだそうですが、それは正しいお考えだと思います。でも、それにはかなり高額な費用が必要となってきます。したがって、まず一番にご両親とお話し合いをなさる必要があります。ご両親は当然、子にとってよかれとお考えになりますので、これはかなりうまく行くのではないか、と想像いたします。

問題の弟さんにどう接したらいいかということですが、これはひとつの思いつきですが、もしなさっていなければ、あるいは中断してしまっているのなら、弟さんの誕生日を家族で祝ってあげるのはいかがでしょうか。

何かプレゼントをあげたらいいでしょう。犬か、猫か、カゴの小鳥か、水槽の魚などの生き物もいいと思いますが、これは慎重に判断なさってください。

楽しい思い出づくりをなされば、弟さんの気持ちもほぐれ、少しずつ改善されてくると思います。この「少しずつ」ということが大事です。人は物事を「すぐに解決したい」と考えがちですが、粘りづよく、あせらず、物事を進めていってください。

身体的特徴を言われるのが嫌

相談者　女性　38歳

38歳の女性です。

人はなぜ、他人の身体的特徴をわざわざ声に出して言うのでしょうか。自分の身体的特徴なんて、他人にわざわざ言われなくてもわかっているのに、です。言われてうれしいことならまだしも、本人が気にしている、または触れてほしくない特徴を、本人に向かってわざわざ指摘するのが理解できません。

私が自分の身体的特徴にコンプレックスを持っているから、そう思うだけなのでしょうか。

学生時代に身近な友達に言われたときは、本当に腹が立ちました。大人になってからはそういう機会がほとんどなくなっていたのですが、最近仲の良い友達に久しぶりに突然言われ、腹が立つというよりは、その言動の理解に苦しみました。

一体何のために言ったのか……。思っている時点で、口に出すことと変わらないのか、それとも逆に思っていても口に出さない方が悪質なのか……。日本人の特徴である切れ長の目を、それ以外の国の人の多くが、目じりを指で横に引っ張って表現する行為も嫌です。また、芸能人や有名人の、私なら言われたくないであろう身体的特徴を、家族や友人が平気で言うのもいい気がしません。

気にしすぎなのでしょうか。こんなテーマで人と話したことがありません。もやもやした悩みを解決する助言を、よろしくお願いいたします。

回答

私の特徴をいとおしむ気持ち

まず最初に「人はなぜ、他人の身体的特徴をわざわざ声に出して言うのでしょうか」と記してありますが、それはそうすることによって、悪い楽しみを得たいからに相違ありません。

うちの嫁はんはおとなしい人ですが、それでも「くうちゃん（私のこと）、胴が長くて手が短いのね」などと言うて、アハハと気持ちよさそうに笑っています。さすがに「足が短いのね」とは言いませんが、自分の足が長いのが自慢なのです。困ったものです。嫁はんは上半身は痩せていて、下半身は豊かな人なので、以前私が「お尻が大きいな」と言うたところ、「大きいほうがかっこういいのよ」とまったく悪びれないので、感心しました。そんなふうに聞き流したり、別の価値観をもってきたりすることが出来る人もいます。

しかしそのようなケースは程度の問題ですから大したことはないでしょう。他の人たちとちがう身体的特徴をもっている人にわざわざそれを告げるのは、いじめということです。私もさんざん嫌な思いをしてきました。

この欄には何度か書きましたが、私は先天的に鼻で呼吸することが出来ない副鼻腔炎《ふくびくうえん》（蓄膿症《ちくのうしょう》）という病気をもっています。したがって、しょっちゅう口をあけているわけです。子どものころは洟《はな》もたらしていました。手術には失明の危機がともなうということで、見送りました。

弟も私と同じ病気ですので、二人ともよく近所の子や級友にからかわれました。それを知った母の言葉がいまだに忘れられません。

「あんたら二人には、うちは悪いことした思うとる」

こう言うてくれたのですが、母が悪いのではない、と子ども心に思いました。いじめられて泣いて帰れば、母を悲しませることになるので、私はいじめられたらいじめ返す、向こう気の強い少年になりました。

多分私のこの身体的特徴は私の精神に働きかけ、いまでは私の個性の一つになっていると考えられます。父母が、いや父母を超える力が、私に授けてくれた個性ですから、いまでは自分の身ながらいとおしむような気持ちになっています。

人の身体的欠陥をあれこれ指摘するのは、聞き苦しいことです。けれども、人の口にふたをすることは出来ません。あなたの仲の良い友だちもあなたに指摘したそうですが、彼女は欠陥とは見ていないのかもしれません。

だらしない母を変えたい

相談者　女子大学生　20歳

20歳の大学2年生女子です。母親が何を考えているのか分かりません。

5年前に両親が離婚、以来叔母（母の妹）の援助を受けて生活しています。母は昔から主婦業をおろそかにしていましたが、かつて父が暴力的な人だったため、そのストレスから行動する気力をなくしているのだと考えるようにしていました。

しかし、5年の月日が流れた今でも、だらしのない生活を続けています。家族のために働いてくれているし、親の責任は子の責任でもあるので家事は私がフォローすればいい話だとも思います。ですが、3年前に兄が巻き込まれたトラブルでは、なかなか行動してくれず、結局叔母が中心となってくれて、今年解決することができました。

解決後も叔母に対して何の感謝も示さず、また兄とも話し合おうとしない母に、父の姿を重ねてしまいます。私はそんな自分自身が嫌で仕方ありません。母とじっくりと話し合うべきでしょうが、「働きすぎて疲れている」と言われると、母が働くのは私のためでもあるので、何も言えなくなってしまいます。

叔母にも人生があるので、これ以上負担をかけるわけにはいきません。私が早く経済的にも自立すれば解決する話なのかもしれませんが、母がだらしなさを少しでも改善し、かつ家族を顧みるようになってくれるにはどうすればいいでしょうか。

回答

徐々に離れる必要があります

ご相談に具体性がないので、あなたのご家族がどんなふうかわかりません。ですから、回答のほうも具体性に欠けるかもしれませんが、心がまえだけでもアドバイス出来ればと思います。

不思議なのは、お兄さんがお母さんとあなたに金銭を含む援助を何もしていないようなのに、それをあなたが嘆いていないことです。お兄さんは家を出て一人で暮らしているのでしょうか。お兄さんとお話し合いが出来れば、一番いいと思いますが。

「三年前に兄が巻き込まれたトラブル」とありますが、どういうトラブルだったのか。他人ともめ事を起こすとか、刑事事件を起こすとか、何かそういうことでしょうか。叔母さんが解決にあたってくれたそうですが、お母さんとお兄さんはお互い、相手を見放しているような冷え切った関係になっているのでしょうか。あなたとお兄さんの関係はどうなのですか。

もしもお母さんとお兄さんが仲が悪いから、あなたとお兄さんも仲が悪くなってしまっているとしたら、あなたがお母さんと距離をもてずにいるということです。

お母さんは「だらしのない生活を続けて」いるということですが、どういう生活ですか。洗濯物をためるとか、食事の用意をしないとか、家の中がちらかり放題で、朝寝坊するとか、時々仕事をサボるとか、自分の好きなものをお金に糸目をつけずに買い、毎晩お酒を呑《の》み、テレビのワイドショーなどを大きな音量で楽しんでいるとか、そういうことですか。そのくらいでしたら、あなたが手助けしたり、お願いしたりすれば、どうにか改善されるでしょう。

娘のあなたが「だらしのない生活」と決めつけ、具体的に書くのをはばかっているのは、お母さんが不倫をしているにちがいないとか、不倫とはいかないまでも、男友だちと頻繁にデートしているとか、そういったことではないかと私は類推します。

お母さんとあなたは徐々に離れる必要があります。お母さんは自分のことでいまは精いっぱいなのです。あまりにきちんとしていないようなお母さんでも、あなたにとっては大事なお母さんです。あなたとは別の人格をもつ人であることをよく認識し、分かっていく必要があります。

あなたのお母さんはちゃんと働いていらっしゃる。娘のあなたもアルバイトなどをして、二年先の自立に備えることをお考えになったらいかがでしょうか。

父が女性の下着を持っています

相談者　女子高校生　18歳

18歳の女子高校生です。

最近、父の異常な性への関心ぶりに多少困惑しています。

アダルトビデオなどを暇なときに見るだけなら、友達の父や兄もそうしていると聞くことがあるのでまだいいとは思います。ですが、私の父は朝、会社に行く前に自分の部屋のパソコンで見ているようなのです。毎日朝からそんなものを見て、いったいどういう気持ちなのか疑問に思います。

しかし、それだけならまだ我慢できます。

父は私のものでも、母のものでもない、女ものの下着をけっこうな量、持っているのです。そしてそれを毎週、週末になると、母の不在のときに洗濯しているようなのです。

私は小学生のときからそのことには気づいています。でも、父本人にはもちろん、家族の誰にも言えず、いったいどこで、どのような目的で入手したものなのかなどがわからないまま、父の行動を見ていると悲しくなります。

しかし、ふだんの父は仕事で忙しい母に代わって家事なども良くしてくれるし、やさしいので、私は父のことを尊敬もしています。やはり私は家族として、父のそういったことも個性として受け入れるしかないのでしょうか。

私は4月から進学で家を離れます。その前に助言をいただければと思って、書きました。

回答

父上の一番良いところを見てあげて

あなたは十八歳の女子高生として、「最近、父の異常な性への関心ぶりに多少困惑しています」と記しています。お気持ちはよくわかるのですが、まず言えるのは、男には大なり小なり色を好む要素が備わっています。

私の父は真面目《まじめ》な人でした。でも、播磨灘《はりまなだ》へ小舟に乗って釣りに出かけたとき、沖合を通る舟に飾ってある大漁旗を、女の派手な衣服だと思い、こちらの舟から大声を上げてからかっていたのです。自宅へ帰ってそのことを告げたときに母が「まあ」と大声を出して驚いていたことを、よく思い出すのです。

私は男であり、女性の気持ちはよく分からないところがあります。若い女性のあなたにはおいやでしょうが、男の人にはいわゆる「助平根性」が備わっているのです。

お父上は「私のものでも、母のものでもない、女ものの下着をけっこうな量、持っている」とのことで、そのうえお父上が週末に洗濯していることを知って、あなたはびっくりされたでしょう。

ただ、奥さまや恋人でない女の人に少しでもエッチなことをすれば、当然、痴漢ということで犯罪なのですが、エロ写真とかアダルトビデオをひそかに見ている分には誰にもとがめられません。

女性の下着についても同じです。下着泥棒をすれば犯罪ですが、下着を買ったりもらったりしているだけでは、誰のとがめも受けようがありません。

あなたのお父上は、お忙しい母上に代わって家事なども良くしてくれるし、やさしいと記してあります。そういう点をあなたが今でもきちんと言えることは大事です。

やはり、あなたがお父上の一番良いところを高く評価してあげることが、あなたの気持ちのうえで一番の救いになると私は思います。

この欄には書いたことかもしれませんが、私は自分の気持ちが苦しくなると、郊外の川の土手などに嫁はんといっしょに散歩に行きます。家でおにぎりなどを作って持って行き、草の上に座って食べ、そのあと草の上に寝転んで青空に浮かぶ白い雲を見ていると、心がとても澄み切ったようになってきます。今の私にとっては最大の楽しみです。

もうひとつ、世の中の困っている方々がほんの少しでも救われるようなことをすれば、それで自分も、ほんの少しですが、救われたような気持ちになれることもあります。

解説

万城目学

タイトルにもあるとおり、この本は人生相談に関する一冊である。

一般の方が悩み事を相談する。

それに対し、車谷長吉が回答する。

しかし、「人生相談」と銘打っていても、相談という双方向のコミュニケーションが取られた形跡はあまり感じられない。むしろ、他人の悩み事を回答者が片っ端から殺しているようにも見える。一刀両断とはちょっとちがう。やはり、殺していると呼ぶのが相応しいように思う。

毎週土曜日、朝日新聞別刷の紙面に連載されていた、「悩みのるつぼ」というコーナーにて、車谷さんは持ち回りでこの人生相談の回答者を務めておられた。そのときから、私はこのコーナーを愛読していた者だが、

「いやあ、今日も車谷先生、豪快に殺してはるわ〜」

とそのあまりに独自性に富んだ回答に、土曜のさわやかな朝が、得も言われぬ澱《よど》みを纏《まと》ってスタートしたこともしばしばであった。

たとえば、私は不運だと相談する方がいる。

それに対し、車谷さんは生まれたときから、自分は鼻で息が出来なかったと言う。鼻の手術の際に失明してもよいという同意書に署名・捺印が出来なかった男だと言う。不運な人は、不運なりに生きていけばよいと言う。

こんなことをぶつけられたら、どんな悩み事だって即終了である。

悩み事という精神の暗き淵から発せられた訴えに対し、さらなる奈落から回答する。まったく新しい悩み事相談のかたちを、車谷さんは作り出したのではなかろうか。

しかし、振り返ってみると、そもそも私だって車谷さんの小説を通じ、同じような相談を勝手に持ちかけ、同じく奈落からの回答を受け取っていた口である。

大学生の頃から、私は車谷さんの小説が大好きだった。あろうことか、私はじめ、車谷さんを故人だと思っていた。文庫『鹽壺《しおつぼ》の匙《さじ》』のカバーのあらすじには、「生前の遺稿」という耳慣れぬ言葉での紹介があり、折り返しのところには一昔前の日本人のような、坊主頭の白黒の著者近影が載せられていたものだから、てっきり亡くなられている方なのだと思ったのである。しかし、新刊が続々と出るのを見て、生きているのだと知り、とてもうれしかった。何かの雑誌のインタビューで、「どうしていつも、ズボンの前のチャックを開けているのか」という問いに、「愚か者のダンディズム」と答えているのを読み、いっさい共感はできなかったが、いっそう好きになった。

車谷さんの文章には不思議な毒がある。ページの文字を追ううちに、行間に潜む毒が目から侵入して、血液をぐるぐる循環するような気分になる。それが何とも言えず心地よい。まさに文字による中毒である。こんな奇妙な生理現象を引き起こす文章に出会ったのは、後にも先にも車谷さんただひとりだ。

どうして、大学生の頃、あれほど車谷さんの作品を読むのが好きだったのか、この人生相談を読んでひさしぶりに思い出した。それは己の悩み事が、いかに小さくてつまらないものであるかを、まざまざと教えてくれるからである。これからどうして生きていくべきかなどという、青く、ちっぽけな悩み事など、車谷さんの「虚実皮膜の間」にある小説を読み、そのすさまじさ、えげつなさを前にしたとき、あっさり雲散霧消してしまうのである。つまり、私は車谷さんの小説を読むことで、己の悩み事を殺してもらっていたのだ。

車谷さんの言うことは、どぎつい。今作の回答の中にも、「んなアホな」というものが、ときどき紛れこんでいる。私は、車谷さんが結婚するまで毎晩抱いて寝ていたという、美禰子《みねこ》なる陶器の木目込み人形がたいへん気になる。車谷さんが奥さんに「くうちゃん」と呼ばれている場面を、気づかれぬ場所で見てみたい。教え子に恋してしまった高校教師に、「生が破綻《はたん》した時に、はじめて人生が始まるのです」と諭すのは、これはもう相談という域を超越している、とも思う。

されど、車谷さんの言には、どこかしら真実が含まれている。いくつもの回答を重ねて読み続けると、経験に裏打ちされた何とも言えぬ深みが見えてくる。仲のいい友人でも、親兄弟でも、学校の教師でも、滅多に言ってくれないような、厳しさを含んだ真実の言葉が、合図もなしに飛びこんできてハッとする。

私は小説家としてデビューが決まったとき、「抜髪」という車谷さんの短編を読み直した。母親が息子に、ひたすら愚痴と恨み言と説教を垂れる、そのセリフだけで構成された一編なのだが、そのなかにある、

「人は言葉にまどわされたいんやで。言葉でほめられたら、ころっとだまされて、ええ気持ちになるが。耳の穴へ毒流し込まれようと分かっとっても、ええ気持ちになるが。」

という一節をもう一度、読み返したかったからだ。私がデビューしても、舞い上がることなく、平静な気持ちを保ち続けられたのは、この車谷さんの言葉が常に心の底で蠢《うごめ》いていたからだと思う。これから小説家になることが決まっている人には、この「抜髪」を読んで浮かれ気分を一度殺してもらう

ことを、ぜひお勧めしたい。

さらに、私からもうひとつお勧めしたいのは、車谷さんがときどき言及されている、「奈良盆地を歩くとよい」という精神の回復方法である。

奈良の空はとても広い。

寺を見てもよい。古墳を見てもよい。鹿を見てもよい。

自分がちっぽけな存在である、ということを、実に簡単に教えてくれる。

すると、身と心が少し軽くなる。

そこからまた、歩き始めたらよいと思うのだ。

（まきめ　まなぶ／作家）

車谷長吉《くるまたにちようきつ》の人生相談《じんせいそうだん》　人生《じんせい》の救《すく》い　朝日文庫

2012年12月30日　第１刷発行
2016年６月30日　第５刷発行

著　者　車谷長吉《くるまたにちようきつ》

発行者　首藤由之
発行所　朝日新聞出版
〒104-8011　東京都中央区築地5-3-2
電話　03-5541-8832（編集）
03-5540-7793（販売）

印刷製本　大日本印刷株式会社

Published in Japan by Asahi Shimbun Publications Inc.
定価はカバーに表示してあります

ISBN978-4-02-264693-4
落丁・乱丁の場合は弊社業務部（電話03-5540-7800）へご連絡ください。
送料弊社負担にてお取り替えいたします。

上野　千鶴子
ミッドナイト・コール
軽快なフットワークで時代を挑発し続ける著者が《私》とその周辺を初めて語る真夜中の私信。〔解説・池澤夏樹〕

上野　千鶴子
老いる準備
介護すること　されること
ベストセラー『おひとりさまの老後』の著者による、安心して「老い」を迎え、「老い」を楽しむための知恵と情報が満載の一冊。〔解説・森　清〕

大江　健三郎
大江健三郎往復書簡　**暴力に逆らって書く**
困難と狂気の時代に、いかに正気の想像力を恢復するか——ノーベル賞作家が世界の知識人たちと交わした往復エッセイ。

大江　健三郎著／大江　ゆかり画
「自分の木」の下で
なぜ子供は学校に行かなくてはいけない？　子供たちの疑問に、やさしく深く答える。文庫への書き下ろし特別エッセイ付き。

大江　健三郎著／大江　ゆかり画
「新しい人」の方《ほう》へ
ノーベル賞作家が、子供にも大人にも作れる人生の習慣をアドバイス。『「子供のための大きい本」を思いながら』を新たに収録し、待望の文庫化。

大江　健三郎
「伝える言葉」プラス
人生の困難な折々に出合った二四の言葉について語る、感銘と励ましに満ちたエッセイ。深く優しい「言葉」が心に響く一冊。〔解説・小野正嗣〕

吉本　隆明／宇田川　悟

吉本隆明「食」を語る

戦後最大の思想家・吉本隆明が、食を通して自らの人生、文学、思想から日本文化までを語る。森羅万象に通じる批評の世界。〔解説・道場六三郎〕

金井　美恵子

目白雑録《ひびのあれこれ》

辛辣な批評眼においては比類ない著者が、卓抜した「ボン・サンス（常識）」で世情をメッタ斬り！抱腹絶倒のエッセイ集。〔解説・中森明夫〕

金井　美恵子

目白雑録《ひびのあれこれ》2

損得抜き、実名批評でシュート！　華麗なドリブラー金井美恵子が文壇・論壇を過激に駆け抜ける。抱腹絶倒の痛快エッセイ集第二弾。〔解説・田口賢司〕

金井美恵子

目白雑録《ひびのあれこれ》3

愛猫トラーは一八歳で逝き、時は流れ、禁煙も余儀なく、まったく、うんざり。それでも……ペンは止まらない！　果敢に続く面白目白雑録《てきかくするどいひひょう》第三弾。

嶽本　野ばら

恋愛の国のアリス

マニュアルが通用しないからこそ恋愛は美しい。乙女のカリスマ・嶽本野ばらが恋をテーマに読み解く究極の恋愛哲学。恋愛成就祈願シール付き。

宮尾　登美子／大原　富枝／篠田　桃紅／馬場　あき子／十返　千鶴子

くらしのうた

花、暦、衣、鳥……。日々の暮らしの中に隠れた豊かさを、女性としての感性と磨かれた個性で綴る。

アレックス・カー
美しき日本の残像
茅葺き民家を再生し、天満宮に暮らす著者が、思い出や夢と共に、愛情と憂いをもって日本の現実の姿を描き出す。〔解説・司馬遼太郎〕

角田　光代
今、何してる？
同世代女性を中心に、圧倒的な共感と支持を得る直木賞受賞作家による、ちょっぴりせつない恋愛と旅と本をめぐるエッセイ集。〔解説・佐内正史〕

佐野　洋子
あれも嫌い　これも好き
猫・病気・老い・大事な人たち。還暦すぎての刺激的な日々を本音で過激に語るエッセイ集。〔解説・青山　南〕

佐野　洋子
役にたたない日々
料理、麻雀、韓流ドラマ。老い、病、余命告知——。淡々かつ豪快な日々を綴った超痛快エッセイ。人生を巡る名言づくし！〔解説・酒井順子〕

佐野　洋子
クク氏の結婚、キキ夫人の幸福
三人の愛人を持つクク氏と再婚したキキ夫人の傷だらけの日々を劇的に詩的に描く二つの物語。やっと読めるズタズタ恋愛小説。〔解説・中島京子〕

重松　清
明日があるさ
家族ってなに？　学校はどう変わればいい？「嫌い」との付き合い方とは？　いまを生きる少年と元・少年に贈る、初エッセイ集。〔解説・久田　恵〕

朝日文庫

丸谷　才一
袖のボタン
政治家はなぜ四文字熟語が好きなのか？ なぜ天皇は新年の歌会始で恋歌を詠まない？ など、日本の不思議がひもとかれる。〔解説・山崎正和〕

丸山　健二
生きるなんて
巷にはびこる建前論を極端なまでに拒絶し本音で語る「丸山流辛口人生論ノート」。ロストジェネレーションに捧ぐ一一章。〔解説・梯久美子〕

丸山　健二
田舎暮らしに殺されない法
美しい自然や深い人情と触れ合いたい…安易な「第二の人生」の夢に潜む危険と現実を、田舎暮らし歴四〇年の作家が説く。〔解説・三浦しをん〕

山田　風太郎
あと千回の晩飯
飄々とし端倪すべからざる死生観を開陳した表題作ほか、ユーモアと独創に満ちた随筆集。〔解説・多田道太郎〕

安野　光雅
絵のまよい道
画家、絵本作家である著者が、自分の半生や絵画について語る。故郷からの上京、習作時代、戦後日本など、温かく淡い色調で綴る。

宮沢　章夫
青空の方法
気鋭の演劇人・小説家が日常のさりげない出来事に潜む「おかしみ」を絶妙にキャッチする抱腹絶倒のエッセイ集。〔解説・松浦寿輝〕